紙屋ふじさき記念館

物語ペーパー

ほしおさなえ

角川文庫
22338

目次

Kamiya Fujisaki
Kinenkan

目次・扉デザイン　西村弘美

第一話　本美濃紙

1

やっぱり、そんな簡単に覚えられるものじゃないよなあ。

引き出しにおさめられた和紙を見ながら、今日何度目かのため息をついた。

紙屋ふじさき記念館。紙会社の藤崎《ふじさき》産業の前身である紙屋藤崎の作った記念館で、和紙に関するあれこれが展示されている。紙漉《かみす》きの道具や、各地の和紙。この引き出しには、もう廃業してしまった紙屋のものも含め、大量の和紙がおさめられていた。

わたしがここの館長・藤崎一成《かずなり》さんと知り合ったのは今年の四月。叔母に連れられていった紙こもの市というイベントの会場だった。それから数ヶ月。なんだかんだあってアルバイトとして雇われ、大学が夏休みにはいったいまは、毎日記念館に通ってきている。

和紙のうつくしさに目覚め、もっと学びたい、と決意したものの、そう簡単ではない、と打ちのめされる日々。

和紙の歴史は長い。その奥深さに驚嘆したのだが、奥深いということは学ぶべきことが多いということなのである。藤崎さんが作った解説のファイルを片手に、引き出しのなかの和紙と向き合っているのだが、奥深い、というより果てしない。

和紙の産地は全国各地にあり、紙の質は産地によって少しずつ異なる。それに、ひとつの産地が一種類の紙だけを作っているわけではなく、あたりまえのことだがさまざまな用途の紙があるのである。障子紙、書道紙、賞状用紙、台帳の用紙、包み紙……。用途によって原料も漉き方もちがうが、言ってみればどれも紙。色合いも厚みも少しずつちがうけれど、なかなか見分けられない。

見慣れていないからかもしれない、と思う。書道は学校で習っただけ。家には障子もない、和服を着る習慣もない。日常的に見たり、触ったり、使ったりしていればもう少し感覚でわかるのかもしれないけど……。

ふう、とため息をつき、ファイルを閉じる。藤崎さんはどうしてこれを見分けられるんだろう。

藤崎さんの知識はお祖母《ばぁ》さまゆずり。幼少期から和紙に親しみ、ほとんどの紙の産地を言いあてることができる。付け焼き刃で勉強したところで、簡単にそんな域に達することはできない。それはわかっているんだけど。

――自分は子どものころから見慣れているだけ、同じことができるようにならなくてもいい、君には君にしかできないことがあるんだから。

藤崎さんにはそう言われたけれど、やっぱり和紙のことをもっと知りたい。アイディアって、表面的な形だけじゃない。和紙の性質から生まれてくる、そんな品物でないと紙屋ふじさきの商品とは言えない気がする。

だいたい、わたしにしかできないことって言われても。これまでいくつかアイディアを出したけれど、紙のこともわからずにそうそういくつも思いつくわけがない。

引き出しのなかの紙を見る。はじめて行った紙こもの市のふじさきのブースで買った細川紙《ほそかわし》だ。この紙だけはなんとなく見分けられるようになった。なめらかで、つややかで、絹のよう。見ているとうっとりする。

「すいませーん」

入口から声がした。見ると宅配便屋さんだった。藤崎さん宛《あて》の小さな段ボール箱を受け取り、サインをした。荷物を手に館長室の扉をノックして、なかにはいる。

「藤崎さん、お荷物が届きました」

そう言うと、パソコンを凝視していた藤崎さんがぱっとこちらを見た。

「来たか」

うれしそうな顔になる。

「なんなんですか？」

「西山《にしやま》製本さんからだろう？」

「はい」

西山製本？　あ、もしかして……。

「いろいろ紙ノートだよ」

藤崎さんが立ちあがり、真ん中の机の方に出て来た。

「できたんですね」

いろいろ紙ノート、完成したんだ。どきどきしながら箱を机に置く。

ここでバイトをはじめてしばらくして、藤崎さんが髙島屋《たかしまや》の特別食堂でご馳走《ちそう》してくれたことがあった。そのあと屋上に出て、亡くなった父の話になった。

わたしの父、吉野《よしの》雪彦《ゆきひこ》は小説家だった。十年以上前に亡くなり、いまは書店にもほとんど本はなく、覚えている人はあまりいない。その父の『東京散歩』という短編集におさめられた「屋上の夜」という作品は、髙島屋の屋上のことを書いたものだった。

藤崎さんはなんと父の本の愛読者で、「屋上の夜」のことも覚えていた。もちろんわたしが吉野雪彦の娘であることは知らない。そのときはじめて話して、おたがいに驚いたのだ。

そうして、子どものころ、よく父とノートを作ったことを話した。書き損じの原稿用紙で作ったメモ帳、きれいな包装紙や広告チラシで作ったノート。

それから、記念館の倉庫で見つけた余り紙で作ったノートを見せると、藤崎さんは、これを作ろう、と言った。さまざまな和紙を一冊に束ね、紙の見本としても見られる、そんなノートだ。

わたしの試作品はただいろいろな和紙を束ね、母といっしょに糸で中綴《なかと》じにしたものだった。だが藤崎さんはどうせ作るなら、と言って、凝った製本を試みることになった。

和綴じと呼ばれているものの多くは、袋綴じになっている。芳名帳などでよく見られる形だ。ふたつ折りにした紙の、開いている方を束ねて糸で綴じる。しっかり綴じられているからばらばらになることはない。紙は袋になり、使うのは片面だけになる。


だが、この綴じ方は綴じた部分に幅があり、根元まで開かない。ノートの真ん中あたりに文字を書こうとすると盛りあがっていて書きにくい。毛筆なら手を宙に浮かして書くので気にならないかもしれないが、ペンや鉛筆で書くのには不向きだ。

藤崎さんは、開いたとき平らにならない綴じ方は書きにくい、ノートは完全に平らになる綴じ方のものしか認めない、と言う。

古くからある綴じ方として、粘葉装《でっちょうそう》というものもある。これは糸を用いずに糊《のり》だけで綴じる。紙をふたつ折りにしたものを重ね、折り目の方の端に糊をつけて貼り合わせていく。この綴じ方だと、折の内側は一枚の紙なので百八十度開くが、外側は貼り合わせているので百八十度開くことはできない。

それで結局、列帖装《れつじょうそう》といわれる綴じ方を選んだ。綴葉装《てっちょうそう》とも言われ、平安時代後期以降の仮名文学に用いられた綴じ方なのだそうだ。数枚の紙を重ねてふたつ折りにしたものを何組か、糸でつなげる方法だ。綴じたものを根元まで開けることができ、開いたとき完全に平らになる。

伝統的な製本方法だが、いまこの綴じ方をできる人はかぎられている。だから「江戸からかみ」の豪華な表紙をつけた特装版として少数だけ作ることにした。値段の方もなかなかの額になってしまうので、糸で中綴じにした薄手の普及版も作ることにした。特装版、普及版とも藤崎さんの知り合いの製本屋さんにお願いした。それが仕上がって来たのだ。綴じる前、特装版の表紙の候補なども見せてもらっていて、どんなふうになるのか、ずっと楽しみにしていた。

藤崎さんが段ボール箱を開けた。梱包《こんぽう》材のなかから、しっかりと紙でくるまれた四角い包みがあらわれる。紙をほどくと、なかからきれいな江戸からかみの表紙が見えた。

「うわあ、素敵ですね」

思わず声が出た。

藤崎さんによれば、江戸からかみとは和紙に装飾をほどこしたもの。「からかみ」つまり「唐紙」。平安時代に中国から伝来した紋唐紙《もんからかみ》『北宋《ほくそう》の彩牋《さいせん》』を手本にして作られるようになり、おもに襖《ふすま》の装飾として発展したらしい。

もともとは木で文様の版を作り、それを和紙に写し取る木版手《て》摺《ず》りが基本だった。その後、紙でできた伊勢《いせ》型紙を用いることも増え、さらに金銀箔《きんぎんはく》を貼ったり、砂子《すなご》にして蒔《ま》く技法も加わったのだそうだ。

特装版は三十冊。古典的な文様を使ったもの、植物を象《かたど》ったものなど、柄が十種類。それぞれに色が三パターンあるので、一冊として同じものがない。

「どれもきれいですねえ」

三十冊を机にならべ、見とれてしまった。

「それから、これが普及版か」

藤崎さんが包みから薄い冊子を出した。

こちらは表紙の紙が三種類ある。江戸からかみを使ったもの、手漉《てす》き和紙のもの、柿渋紙といって和紙に柿渋を塗ったもの。柿渋は塗り方で色合いが変わるが、今回はオレンジっぽい色合いになった。それぞれ見本として二冊ずつで、計六冊。

「これはこれでまたいいですね。外に気軽に持ち運べますし」

列帖装の方は重厚な造りで、家で使うのには良いが、ちょっと重い。その点、普及版はかろやかで、持ち歩きにちょうどいい感じだった。

「特装版は不安だったから全部こっちに送ってもらったんだ。僕がトランクに入れて自分で運ぶ。普及版の方は、見本以外は名古屋《なごや》の会場に直接送ってもらうことにした」

藤崎さんが言った。

名古屋の会場とは、七月末に名古屋で行われる紙こもの市の会場である。

「これ、イベント前にＳＮＳにもアップしたいですね。今度、莉子《りこ》に撮影に来てもらってもいいですか？」

莉子は大学の友だちで、ＳＮＳにくわしい。わたしのスマホでも写真は撮れるけど、莉子の方がずっとうまい。前の紙こもの市のときも莉子の撮った写真のおかげで商品の情報がずいぶん拡散されたのだ。

「ああ、もちろん」

藤崎さんは無表情にうなずく。前はこの無表情が怖かったが、怒ってるわけじゃないみたいだ。もうちょっとなごやかに接してくれたら、とも思うけど、にこやかな藤崎さんというのはあまり想像できないし、まあいいか、と思った。

莉子に連絡すると、明日《あした》は空いているらしい。莉子も完成を楽しみにしていたようで、早速明日撮影しようということになった。

2

「わあ、これ、すごい……いい」

翌日、記念館にやってきた莉子は、いろいろ紙ノートを食い入るように見て、ため息をついた。

「特装版、いいなあ。ほしい……」

うらめしそうにつぶやく。特装版は数量限定。お客さま優先だから、わたしたちは買えない。それ以前に大学生にはちょっと手が出ないお値段でもあったけれど。

「高いけど……。これならそれだけ出す価値あるよ。いいなあ、ほしいなあ。残らないかな」

「どうだろう？　でももし残ったらわたしも買っちゃうかも。紫乃《しの》叔母《おば》さんも絶対欲しがるな」

「どれもほんと素敵だよね。このなかから選ぶのは至難の業だ」

莉子はならんだノートを見くらべている。

「普及版もいいよね。特装版とは別の魅力がある」

隅に置かれた普及版を手に取った。

「そうなんだよね。これはこれで素敵。持ち歩きにはちょうどいい」

「特装版と普及版っていうけど、普及版だってじゅうぶん豪華だよね。表紙もいいよ。手漉き和紙も素敵だけど、この柿渋っていうの？　雰囲気あっていい」

「そうなんだよね。しかも柿渋塗ると丈夫になるんだって」

「へえ。不思議」

「柿渋紙は伊勢型紙にも使われてるんだよ」

横で見ていた藤崎さんが言った。

「伊勢型紙？」

「着物の染めに使う型紙。江戸からかみにも使うんだ。紙に細かい紋を彫り抜いたもので……」

そう言って、引き出しから茶色い紙を出して来た。細かい文様が切り抜かれている。

「うわあ、細かっ」

莉子が目を丸くした。

「むかしはこういう型紙で着物を染めてたんだ。こういう細かい細工は柿渋紙じゃないとできない」

　さわってみると、ふつうの和紙より張りがある。ふつうの和紙だとやわらかいからシャープな線を切り出すのはむずかしい。

「それに水にも強い。だから染物の型紙に使えたんだよね」

「紙なのに水に強いんですか」

　莉子が不思議そうな顔をする。

「強いよ。和傘にも使われてた」

「傘？　ああ、あの蛇の目傘みたいな？　たしかに、あれは紙でできてますね。紙だけど、表面がつやつやしてたような……」

「柿渋を塗ると、和紙の繊維のなかに染み込んだタンニンが固体化するんだ。それで水を弾《はじ》くんだね。何度も柿渋を塗り重ねたものは擬革紙といって、革の代わりに使われていたらしいよ」

　藤崎さんが答える。

「漆も塗ると水に強くなりますよね」

　貝殻の小箱を作ったときのことを思い出して、そう言った。

「そうだね。むかしは木でも紙でもそうやって加工して丈夫にしていたんだ。そうそう、こんにゃく紙なんていうのもある」

「こんにゃくって、あの食べるこんにゃくですか？」

　莉子が目を丸くした。

「こんにゃく芋を粉にしたものを溶かして作るこんにゃく糊というものがあるんだよ。それを紙に染みこませる。そうしてしっかり揉《も》むと、やわらかくなって、縫えるようになる。むかしは衣服にも使っていた」

「え、衣服に？」

「絹より安いから庶民のものと思われていたけど、武士のなかにも好んで着ていた人もいるみたいだよ。畳みやすくて、軽くて、持ち運びに便利だから」

「紙はむかし、布のようにも革のようにもビニールのようにも使われていた、ということですね」

　わたしは言った。

「そうだね。でも、作るのには手間がかかる。柿渋も、塗ったあと日干しにして、室《むろ》で燻煙《くんえん》する。そうやって水分を完全に飛ばす。型彫りに使う場合は、さらに一、二年寝かせるらしい」

「そんなに……」

　莉子は型紙をじっと見つめた。

　まだまだ知らないことばかりだ。でも、すごい。この型紙、切り出すのもたいへんだろうけど、紙を作るところまでだって相当手がかかっているということだ。紙を漉いて、柿渋を塗って……。

　そうやってできた型紙を使って、布や紙を染める。その布を使って着物を作ったり、襖に貼ったり。むかしはほんとになんでも人の手で行っていたんだな。想像すると果てしない作業に思えた。

「それより、今日は撮影に来たんだろう？」

　藤崎さんに言われ、我にかえった。

「あ、そうでした、すみません。つい見とれちゃって」

　莉子が苦笑いする。

「でも、どこで撮ればいいかな」

　そう言ってあたりを見まわす。

「ここじゃダメなの？」

「うーん、やっぱり自然光の方が色がきれいに出るから。専用の光源を使えば別だよ。けどこの部屋の照明だとたぶんきれいに撮れない。影も出ちゃうし……」

　そう言えば、組子障子のカードのときも自然光がいちばんいい、って言ってたな。

「でも、記念館にも窓ないよ。どうしようか」

　外に撮りに行くしかないのかな。でも、どこで？　それに、特装版を持っていくとなると……。

「窓？　窓があればいいのか？」

そのとき藤崎さんが言った。

「窓のある部屋ならあるけど」

ふたりで藤崎さんの顔を見る。

「ああ、吉野さんにはまだ言ってなかったっけ。記念館の横にもうひとつ、使ってない部屋があるんだ」

「ええっ？」

驚いて訊《き》き返す。もう一ヶ月以上通っているのに、全然気がつかなかった。

「記念館の奥のガラスのショーケースの横、ほら、館長室の隣の倉庫の向かい側、あそこに締め切りのドアがあるでしょう？」

「え……あ、ああ」

そういえば取っ手みたいなものがあった。だが前にものが置かれているし、ドアとして認識していなかったのだ。

「実は、あの向こうにもう一部屋あるんだよ。むかしは教室に使ってたんだけど、もう何年も閉めたきりで……。でも、あそこには窓がある」

「そう……なんですか！」

あそこに部屋が。はじめて聞く話に驚いたが、そのことに全然気づかなかった自分の鈍さにも驚いていた。

「教室、って、なんの教室だったんですか？」

莉子が訊く。

「むかしはね、書道とかちぎり絵とか絵手紙とか、紙に関するいろいろな教室を開いてたんだ。あんまり流行《はや》らなくなって閉じてしまったけど」

藤崎さんが答えた。

「じゃあ、机もありますか？」

「もちろん。教室っていっても、事務用の折りたたみ机と椅子だとわびしいでしょう？ だから無垢《むく》材の机を真ん中に置いて……」

「無垢材？ そんなすばらしいものが！ 見せてもらえますか？」

莉子が言った。

「好きに使ってもらってかまわないよ。何年も使ってないから埃《ほこり》はたまってるかもしれないけど」

藤崎さんはそう言って引き出しから鍵《かぎ》を出した。

館長室を出て、記念館を抜けて謎の扉の前に立つ。前に置かれていたリーフレット用のラックを横にずらし、藤崎さんが鍵を開けた。

「わあ、けっこう広い」

先にはいった莉子の声が聞こえた。わたしも部屋にはいり、ちょっと驚いた。こんな広い部屋がここにあったなんて。まあ、ビルの大きさを考えると部屋があってもおかしくないのだが、なぜか思い至らなかった。

記念館は収蔵品のことを考え、日光がはいらないよう窓のない造りだが、ここはちゃんと窓がある。古いオフィスビルによくある素っ気ない銀色のサッシだが、大きな窓で二面採光だから、部屋はとてもあかるかった。

「机も素敵ですね。すごい、大きい」

莉子が机の前に立つ。

「いや、これ、実は四つ組み合わせてあるんだよ」

藤崎さんが言った。

見ると四つ同じ机をならべて大きな四角形を作っている。一台ずつ、長い辺には三人、短い辺にはひとり、ゆったり座って作業ができそうな大きさだ。つなげた状態で十六人、机をひとつずつ離して使えばその倍の三十二人座れることになる。

「立派ですね」

なんという木材かわからないが、深い茶色できれいな木目が出ていた。よく見るとかなり使いこまれているようで、細かい傷もついているが、それがまたいい感じだった。

「そうだろう？　先々代の社長室で使われていたものだから」

「社長室で？」

「むかしはこれがあと二台あって、細長いロの字型にならべられていたらしい」

「ロの字型……ああ、なるほど」

莉子がうなずく。よくある会議室のような形だ。きっと会社の偉い人たちが集まって会議をしていたんだろう。

「いい机ですねえ。雰囲気最高。日差しもばっちりだし、ここで撮ったらきっと素敵ですよ」

「よかった。じゃあ、好きなように使ってください」

そう言うと、藤崎さんは館長室に戻っていった。

「さて、どうやって撮ろうかな」

莉子が腕組みする。

「その前に、埃積もってるから拭《ふ》かないと」

「たしかに」

莉子がうなずく。倉庫から掃除用具を出してくる。ほんとは部屋中掃除したいところだが、日があるうちに撮影したいから、とりあえず机の上だけ拭くことにした。積もっていた埃がなくなると、古い木の色や素材感が際立った。

「風格あるなあ。さすが社長室の机」

莉子はきれいになった机をなでる。

「この部屋も使わないのはもったいないよね」

あたりを見まわし、莉子がつぶやいた。

「そうだよね、この部屋があるんだったら、ここでお弁当食べたいよ」

まわりの店はどこも高いので最近はずっとお弁当を持ってきている。だが、館長室で食べるのもなんだか気が引けて、わざわざ高島屋の屋上まで行ったりしていたのだ。

「百花《ももか》はまったく……。お弁当とかじゃなくて……」

莉子が苦笑する。

「なんかここでできそう、ってこと」

「なんか、って？」

「このビルのレトロな感じもいいし、カフェ、まではいかなくてもお休み処とか。前やってたみたいな教室とかさ」

「なるほど」

「そういうのやれば人も来るようになるんじゃない？　まあ講師代もかかるし、教室だって集客が大変そうだし、そう簡単じゃないんだろうけど」

薫子《かおるこ》さんから、この記念館を守《も》り立ててほしいと言われていたのを思い出す。そうか、そうだよなあ、こういうことをわたしがぱっと思いつかないといけないんだよな。

「ま、とにかく今日は撮影だよ。早くしないと」

莉子が時計を見る。話したり掃除したりしているうちに、いつのまにかお昼近くになっていた。

「でも、いまは七時くらいまであかるいでしょ？」

「夕方になると光の色が変わっちゃうから。できるだけ早く撮った方がいい」

そうか、夕焼け色になっちゃうんだな。それはそれできれいだけど、商品の姿を撮るにはふさわしくないってことか。

「せっかく日本橋《にほんばし》に来たんだから、どっかでランチ食べたいところだけど……。とにかく早く撮影したいんだ。数も多いしね。記録も兼ねて特装版は全種類写真撮っておきたいし、開いたところとか、角度を変えたやつとかいろいろね。でも、お腹は空《す》いたなあ」

「そしたら、わたし、お弁当買って来る。それでさっと食べて、撮影しよう。その代わり、撮影終わってから甘いもの食べにいこうよ」

「それいいね。じゃあ、おにぎりとか、ぱっと食べられるものがいい。百花が買いに行ってるあいだに、わたしは撮り方考えておくから」

「わかった」

館長室に置いてあったカバンを持って、ビルの外に出た。

高島屋の地下でおにぎりを買って、急いで記念館に戻る。さっきの部屋では莉子がもう撮影をはじめていた。特装版を一冊ずつアップで撮っている。

「このノート、ほんといいね。ハードカバーみたいに分厚い表紙がついてるのに、根元まで開く。開いたまま机に置けるって、最高」

「そうそう。それが今回の藤崎さんのこだわりどころで……。根元まで開かないノートは使えない、って」

「そうなんだ。さすが紙オタク」

莉子が笑った。

「でもさ、ほんとカッコいいよ、これ。背表紙がむき出しなのもお洒落《しゃれ》だよね。なんて言うんだっけ、最近、画集でもこういう綴《と》じ方、あるでしょう?」

「ああ、コデックス装?」

「そうそう、それ」

「あれとはまたちょっとちがうみたいだけど、背の糸が見えるところはいっしょだね。背がない分、強度は落ちるけど、開きはいい」

「革張りのノートとかもあるけど、それより全然軽いよね。高級感もあるし、一点ものだもんね。なかの紙もいろんな種類があって、なにも印刷されてないのにめくっていて飽きない。これは欲しがる人、多いんじゃないかな」

「罫線《けいせん》がないし、ページによって書き心地がちがうから、実用的かはわからないけど」

「罫線はなくていいよ。これはこの紙の質感を楽しむものだから。ノートっていうより、紙の絵本だね。絵も文字もない、紙だけの絵本」

「紙の絵本……。たしかに」

莉子の言葉にはっとした。「いろいろ紙ノート」という名前を考えていたけど、「紙の絵本」の方がこの商品の本質を捉《とら》えている気がした。

「その名前、いいね。ちょっと藤崎さんに相談してみる」

「え、ほんと？」

莉子がうれしそうに言った。

「とりあえず、おにぎり食べない？　まだ撮影、続くんでしょ？」

「あ、そうだね。さっさと食べちゃおう」

商品はすべて四つある机のうちのひとつにまとめられている。別の机におにぎりをならべ、ペットボトルのお茶をあけた。莉子は鮭とツナマヨを選び、わたしは高菜と昆布。時間が惜しくて、無言でおにぎりをほおばった。

短い昼食を終え、撮影再開。ほどなく特装版の表紙の撮影は終わり、なかを開いた状態で何枚か撮った。いろいろな和紙が綴じられているから、開いたページによってだいぶ印象がちがう。

普及版もいろいろな角度から撮り、その後、特装版をずらっとならべた写真を撮ることにした。

正直、この撮影がいちばん大変だった。まず、ならべ方だ。特装版は一冊ずつ色や柄がちがう。すべてが引き立つようにするためにバランスを考えなければならない。

さらに、三十冊ならべるとかなりの面積になり、ふつうに撮ろうとするとアングルにおさまらない。それで倉庫から高い脚立を出してきた。机の近くに脚立を立て、莉子が一番上に乗る。でもそれだとどうしても斜めになってしまう。

莉子が持ってきた自撮り棒を駆使して、格闘すること一時間。なんとかブレずに真上からの写真を撮ることができた。

「これで終了かな？」

「そうだね」

莉子はスマホの画面で写真を確認している。

「うん、いい。我ながらすばらしいできばえだね」

そう言って、スワイプして写真をめくる。紙や装飾の質感までくっきり撮れていた。

「なかなかいいじゃないか」

写真を見せると藤崎さんも大きくうなずいた。あいかわらずにこりともしないが、満足しているみたいだ。ほっと胸をなでおろす。

「写真はここからさらに厳選しますよ。紙こもの市まであと二週間ありますから、毎日少しずつ情報を出していきます」

莉子がはきはきと言う。さすが、頼もしい。

「それで、さっき莉子が言ってたんです。これは『紙の絵本』だね、って。絵も文字もない、紙だけの絵本。『いろいろ紙ノート』は商品そのものをあらわしていてわかりやすいですけど、『紙の絵本』の方が本質に近いかな、って」

「なるほど。『紙の絵本』」

藤崎さんがうなずく。

「ノートというのも見本帳というのも正しいんだけど、『紙の絵本』というのはまさに言い得て妙だな。それに詩的で想像力をかきたてる」

「そうなんです。なんだろう、って思わせる力があるような」

「じゃあ、商品名は『紙の絵本』でいこう」

藤崎さんが言った。

「わかりました。そしたら早めに写真を選んで……。文案も練ってメールで送ります」

莉子が答えた。

「うん。よろしく」

「それで、名古屋の紙こもの市なんですけど、藤崎さんひとりで行かれるんですか？」

莉子が訊《き》く。

「あ、ああ、そこまでは考えてなかった」

さすが紙オタク。あいかわらず商品作りのことしか考えていない。

「百花は行かないんですか？　この前の紙こもの市のときみたいに」

莉子の言葉にあわてた。まあたしかにイベントでの売れ行きやどんな人が買って行くのか、見届けたい気持ちはあったけれど……。

「名古屋のは東京や横浜《よこはま》ほど大きくないからひとりで大丈夫だと思ってたんだが……」

「いやいや、そんなことないですよ。やっぱり女性がいた方が親しみやすいです。名古屋なら新幹線で一時間半くらいでしょう？　じゅうぶん日帰りできますし」

莉子はどうして藤崎さんにも臆《おく》さずにしゃべれるんだろう。

「まあ、たしかになあ。この前の紙こもの市であれだけ売れたのは、吉野さんのおかげもあるし……。じゃあ、吉野さんもいっしょに行くか」

「え、いいんですか？」

思わず即答した。

「ただ、僕はイベントのあと寄るところがあって、まっすぐ東京には帰らないんだけど……」

「それは大丈夫です。ひとりで帰れます」

「寄るところ、ってどこに行くんですか？」

またしても莉子が突っこむ。ええっ、と思った。そこまで訊いちゃう？　仕事かプライベートかもわからないのに、大丈夫なんだろうか。

「美濃《みの》だよ」

藤崎さんはあっさり答えた。

「美濃？」

莉子が首をかしげた。

「美濃って、美濃和紙の美濃ですか？」

引き出しのなかの和紙の名前がよみがえり、そう訊いた。美濃和紙。細川紙、石州半《せきしゅうばん》紙《し》とともにユネスコの無形文化遺産に登録された紙だ。美濃は岐阜県だが、名古屋からもそう遠くなかったはずだ。

「和紙の産地？」

莉子が訊いてくる。

「うん。本美濃紙はユネスコ無形文化遺産に登録されている紙だよ」

「そうそう。吉野さん、ちゃんと勉強してるじゃないか」

藤崎さんがうなずいた。

「美濃に取引先の紙屋があるんだ。機《き》械《かい》漉《す》きの和紙を作ってる工場もあるし、手漉き和紙を作ってるところもある。名古屋からだと一時間十五分くらいだし、ちょっと相談したいことがあるから帰りに寄ってこようかと」

「じゃあ、紙漉きの現場を見たりできるんですか？」

「うーん、紙漉きは自宅でやってる人が多いから公開しているところはあまりないけど、『美濃和紙の里会館』っていう施設があって、紙漉き体験もできるみたいだよ」

「紙漉き体験？」

莉子が訊き返す。

「曜日によって体験内容がちがうみたいだけど、三十分とか一時間とかの体験じゃなくて、一日体験もあるって言ってたっけ」

「そうなんですか？」

一日体験。どんなことができるんだろう。

「やってみたいよね」

莉子が言った。

「え？　莉子、紙漉きに興味あるの？」

「興味ある、っていうか……。この前、ちょっと体験させてもらったじゃない？　あのときあんまりうまくできなかったから、そのリベンジ、っていうか」

莉子が考えながら言う。

「わたしもやってみたいけど……」

ぼそっとつぶやいた。

「そうか。ふたりとも興味があるのか。そしたらいっしょに行こうか」

藤崎さんが言った。

「え、いいんですか？」

莉子が目を輝かせる。

「うーん、告知とか記録もあるから、イベントには荒船《あらふね》さんも来てくれた方が助かるし。だから、ふたりともバイト代と往復の交通費は出すよ。美濃市行きは研修、ってことで。ただ、美濃市の宿泊代までは経費では出せないけど……」

「え、ほんとですか？　宿泊代は自分たちで出しますよ。大丈夫だよね、百花」

莉子が訊いてくる。

「うん」

即座にうなずいた。バイト代もはいったし、それに紙漉きの一日体験というのをどうしても受けてみたかった。

調べてみると、一日体験は月曜しか開催されていないようだった。紙こもの市は土曜日。藤崎さんも月曜に機械漉き和紙の工場で打ち合わせがあるらしい。美濃市内には和紙の店や和紙の歴史を学べる場所もあるから市内観光もした方がいい、ということになった。

というわけで、土曜日のイベント終了後、電車で美濃市に移動。日曜は市内観光をして、月曜は藤崎さんは工場へ、わたしたちは美濃和紙の里会館で一日体験、その後東京に戻るという二泊三日のスケジュールになった。

「じゃあ、決まり。電車のチケットと宿は三人分、僕の方で取っておく。和紙の里会館の予約は自分たちでしてください」

「わかりました」

莉子が元気よくうなずいた。

3

名古屋に行く数日前、薫子さんが記念館にやってきた。

薫子さんとは、藤崎産業の前社長、故藤崎正一《せいいち》氏の夫人であり、藤崎さんのお祖母《ばあ》さまである。和紙の製造元の生まれなので、和紙への愛情がとても強く、記念館に収蔵されている紙はもともと薫子さんが各地で収集してきたものなのだそうだ。この記念館も薫子さんの支持により成り立っているらしい。

わたしが記念館でアルバイトするようになったのも、薫子さんからの誘いがあったからなのだ。組子障子のカードや貝殻の小箱、それにSNSを使った宣伝が評価されたようなのだが、SNSは莉子のおかげだし、組子障子のカードも貝殻の小箱もわたしはアイディアを出しただけ。完成させたのは藤崎さんだ。

薫子さんからは、これまでにない紙小物のアイディアを出してほしい、それを具体化するのは藤崎さんの仕事、と言われたけれど、これまでのものは単にビギナーズラックだった気がしてならない。

「百花さん、ありがとう。今回の『紙の絵本』も、すごく評判になってるみたいね」

薫子さんがにっこり微笑む。

莉子がこの前撮った写真をアップしたところ、「紙の絵本」はかなり拡散され、話題を呼んだ。紙こもの市以外での販売はないのか、とか、取り置きしてもらえるか、などの問い合わせも来ている。

莉子の写真もいいし、そもそも製品がすばらしいのだ。とくに特装版の表紙のうつくしさ。でも、あの綴《と》じ方や表紙にできたのは藤崎さんの知識によるもので、わたしのアイディアは、ただいろいろな和紙を集めて束ねる、というだけ。

「いえ、わたしは……。ＳＮＳは莉子のおかげですし、特装版も全部藤崎さんが……」

もごもごと口ごもる。

「それはそうだけど、わたしがいちばん感動したのは、いろいろな和紙を束ねてノートを作る、っていう百花さんのアイディアなの。江戸からかみも列帖装《れっじょうそう》もすばらしい。でも、それ自体はわたしも知ってる。こうやって組み合わせて形にする。それは百花さんのアイディアがあったから生まれたものだと思うのよ」

薫子さんは特装版をめくりながらそう言った。

「わたしのところにも、ほしい、って言って来た人が何人もいたのよ。みんなわたしのＳＮＳのお友だちで、若い人もたくさんいるの」

ＳＮＳのお友だち……若い人……。薫子さんは八十代半ばだが、ちゃんとアカウントを持っていて、ＳＮＳでも活動しているのである。旅先の風景や季節の花などのきれいな写真を頻繁にアップ、ちなみにフォロワー数もなかなかである。

「ねえ、百花さん、今晩なにか予定ある？」

「え、いえ、とくに……」

「よかったら、いっしょに食事に行かない？」

え、と思って藤崎さんの方を見た。なにやらパソコンに向かって集中しているようだ。

「一成はなんか用事があるんですって。だから、ふたりで行きましょう」

ふたり？　少し緊張する。まあ、藤崎さんがいっしょでも、それはそれで緊張しそうだけど。

「一成から訊《き》いたの。百花さんのお父さまが吉野雪彦先生だって」

　薫子さんが目を細める。

　そういえばあのとき、藤崎さんが言ってた。祖母も吉野雪彦のファンだった、と。

「わたし、吉野先生の本が大好きだったの。全部持ってるし、全部読んだわ。もともと本は好きな方だけど、吉野先生の本は特別」

　薫子さんは大きく息をつく。

「ごめんなさい、百花さん。お父さまとは別の人間、ってちゃんとわかってます。わたしは百花さんのアイディアをすばらしいと思ってる。でも、お父さまの本が大好きだったのもほんとなの。いまでもときどき読み返すのよ。心が落ち着かないときとか」

「ありがとうございます」

なぜか頭をさげていた。父の本を大切に思ってくれている人がいるのがうれしかったし、父はそこまで人気作家というわけではなかったから、そういう人と出会えたことが奇跡のように感じられた。

「だから、百花さんと少しお話ししたいのよ」

「うれしいです。ただ、父はわたしが幼いころに亡くなっているので、あまりたいしたことは覚えてないんです。本はけっこう読んでいますが……」

戸惑いながら答える。

「いいの、いいの。むかしの話を聞かせてくれ、なんて言うつもりはないから。ただいっしょにごはんを食べたいだけ」

「吉野さん、いっしょに行ってやってくれないか」

デスクの方から藤崎さんの声がした。

「祖母はまあ、ちょっとテンションが高いところはあるけど……。悪い人間じゃないから」

それはよくわかっております！　心のなかでそう叫んだ。

「あの、では、よろしくお願いします」

緊張しながら答えた。

「よかった。じゃあ、髙島屋に行きましょう。久しぶりに特別食堂に行きたかったの」

薫子さんは少女のように目を輝かせた。

髙島屋の特別食堂。前に藤崎さんに連れて行ってもらった店だ。二度目ということもあって、今回は少し落ち着いてまわりの様子を見ることができた。

店の造りも調度品も食器も高級だが、これ見よがしなところがない。店内もしずかで、座ると不思議と落ち着いた。薫子さんは牛フィレ肉のフォアグラ添えを、わたしは薫子さんに薦められて和食の膳《ぜん》を注文した。

　となりの席では年配の男性がお子様プレートをうれしそうに食べている。お子様プレートという名前だが、大人も注文していいらしい。なんだかおいしそうで、いつか食べてみたいなあ、と思う。藤崎さんや薫子さんといっしょのときには無理だけど。

　食事をしながら、薫子さんは父の小説のことをいろいろ話した。はじめて読んだ作品、好きだった作品のこと。髙島屋の屋上が出てくる「屋上の夜」の話も出た。

「屋上の夜」には、むかし髙島屋の屋上にいた髙子《たかこ》という象の話が出てくる。戦後実際に髙島屋の屋上で象が飼育されていたことがあったらしく、父は幼いころに見たその象の記憶から「屋上の夜」を書いたのだ。

「わたしも髙子、一度だけ見たことがあるのよ」

「そうなんですか？」

「もう大人になってからだけど。わたしは群馬の出身でね。高校を卒業したあと、会社の仕事の手伝いで東京に出てくるようになったの。日本橋の紙商さんにもよく行った。紙屋藤崎が藤崎産業になったばかりのころで、まだここに事務所があったのよ」

　薫子さんが言った。

「当時は大事な書類は郵便じゃなくて、直接持って行ってたのよね。夫は当時藤崎産業の課長で、そこで出会ったの」

　薫子さんが紙作りの家の出身だというのは知っていたが、これははじめて聞く話だった。

「おつかいの帰りに髙島屋に寄ったことがあって……。はなやかできらびやかで、きれいな服がたくさんあって、東京はすごいなあ、おしゃれだなあって思ったけど、自分に買えそうなものもないし、お店の人に話しかけるのも怖くて。それで、なんとなく屋上にあがって、そこで髙子を見たのよねえ」

　前社長夫人ということで近寄りがたい気がしていたけれど、デパートのはなやかさに気後れしたという話を聞いて、少し親しみがわいた。

「そのとき、なんだか髙子がかわいそうな気がしたの。だからずっとあとになって『屋上の夜』を読んだとき、そのときのことを思い出して、すごくわかった気がした。それで吉野先生のことますます好きになったのよね」

　薫子さんがまた少女のような目になる。

「わたし、吉野先生のサイン会に行ったこともあるの。吉野先生にお目にかかって、サインしてもらって、握手もしてもらったのよ」

　そう言ってなつかしそうに微笑んだ。

「わたしが紙を作る家の生まれで、『東京散歩』に出てくる『紙はむかしから強い力を宿すものだった』という言葉に感動した、っていう話をしたら、自分はほんとは文房具を作る仕事がしたかった、っておっしゃって」

「ほんとですか？」

母もそんなことを言っていた。

「ええ。それで、いまも娘とときどきノートを作ったりしてます、って。そのお嬢さんというのが、百花さんのことだったのよねえ」

なんだか照れくさくなってうつむいた。

「そのとき話していたノートがもとになって、今回の『紙の絵本』が生まれた。一成から経緯を聞いて、サイン会のときのことがうわあっと頭によみがえって、すごい、これこそ奇跡だ、って。思わず叫んじゃったのよ」

薫子さんが両の拳《こぶし》をぎゅっと固める。その仕草がやけにかわいい。

「そういえば藤崎さん、わたしが子どものころに作ったノートを見せたとき、自分も子どものころ、こういうノートを作った、っておっしゃってました」

「吉野先生の話を聞いて、わたしなりにこんな感じかな、って想像して、一成といっしょに作ったの」

「え、そうだったんですか」

驚いた。つまり、藤崎さんの記憶にあったノートは父の話からできたものだった、ということだ。

「ええ。だからほんとにびっくりしたの。まあ、わたしたちが作ったのは和紙のノートだったから、百花さんたちの作っていたものとは全然ちがうと思うけど。ボツになった原稿用紙でメモ帳を作っていたんでしょう？　素敵ね。わたしも見てみたいわ」

「そしたら、今度お持ちします」

「ほんと？ うれしい」

薫子さんが両手を胸の前で組み、にっこり笑う。

「今回和紙を束ねてみて思ったんです。ほんとにいろいろな紙があるな、って。白い紙でもみんなちがう。手触りも、色味も。でも、どこがどうちがうのか言葉にできないし、一枚見ただけじゃ、どれがどれかわからない。藤崎さんは全部わかるでしょう？ どうしてわかるのか……」

「そうよね。あれはあれで特殊能力っていうか……」

薫子さんがくすっと笑う。

「わたしもある程度はわかるけど、記念館にあるもの全部言いあてるなんてできない。一成の場合、幼少期に紙をたくさん見ていたのが大きいかもね。わたしは子どものころは自分のところの紙しか知らなかった。だから自分のところで作った紙は見分けられるけど、ほかはそこまで……」

そうなのか。少し安心する。

「変わった子よね。一日中ずっと紙を見てた。子どものころは意味のないものでもなんでも覚えられる、っていうのもあるけど、一成はそもそもすごく集中力があって、優秀な子だったのよね」

ちょっとわかる気がした。

薫子さんによれば、薫子さんの息子はふたり。長男の雄一《ゆういち》さんと次男の晃成《あきなり》さん。雄一さんが現在の藤崎産業の社長である。

雄一さんは父親の正一さん似の秀才タイプ。真面目で実直。小学校から高校まで、学校の成績はいつもトップクラス。有名国立大で経営学を学び、優秀な成績で卒業。先見の明もあった。藤崎産業がふつうの紙製品だけでなく、和紙のノウハウを活《い》かして不織布の分野に手を広げ、医療分野で躍進を遂げたのも雄一さんの考えだったらしい。

一方、次男の晃成さんの方は自由奔放な性格。学業はいまひとつだが、人を惹《ひ》きつける魅力があり、どこに行っても目立つ。言動が派手だから敵も多いが、文化的なことにもくわしく、財界の有力者や知識人、文化人にも好かれた。その人脈を活かし、広報部で活躍。いまはヨーロッパ支社で新規事業の開拓にあたっている。

「晃成はどこに行っても目立つ存在だったのよね。歌手のめぐみさんとも大恋愛の末に結婚した。雄一も、若いころはそういう晃成をうらやましいと思ってたみたいだけど、会社には自分の実直さが必要だとちゃんとわかっていた。夫からくりかえし諭されていたのもあるけど、賢い子なのよね」

それだけ前社長から期待されていたということなのだろう。

「雄一は晃成のスター性を見通した上で、自由にふるまわせていた。晃成の方もそれを知ってて、結局雄一兄さんにはかなわない、って。若いころはよく喧嘩《けんか》してたけど、兄として経営者として信頼しているんだと思う」

「晃成さんも和紙にくわしかったんですか」

「ううん。晃成はあたらしもの好きだったから。和紙よりも新素材や新技術に興味があったのよね。晃成が育ったのはちょうど日本がどんどん豊かになって、どんどんあたらしいことが起こる時代だったし、うしろをふりかえっている余裕なんてなかった」

　薫子さんが少し微笑む。

「一成、年寄りのわたしといる時間が長かったからなのかな。子どものくせに、いまここにあるものが長い歴史を経て来たものだ、とか、なくなってしまうかもしれないものだ、ということにすごく敏感だったの。そういうところが心配でもあったんだけど」

「心配？」

「だって、若者は前に進まなくちゃいけないでしょう？　あんまり古いものに引きずられるのはね。タフじゃなくては生きていけない」

「え？」

　タフ？　薫子さんらしからぬ言葉にちょっと驚いた。

「ああ、知らない？　フィリップ・マーロウのセリフ」

「フィリップ・マーロウ？」

「レイモンド・チャンドラーのハードボイルド小説に出てくる探偵」

「薫子さん、そういうのも読むんですか？」

「読んだわよ。だって、かっこいいじゃない？」

そう言ってにっこり笑った。

「でも、このセリフ、『やさしくなくては、生きている資格はない』って続くの。一成はやさしい。それはまちがいないと思うんだけどね」

一成はやさしい……。あの無表情な藤崎さんが、やさしい。

意外だったが、よくわかるような気もした。紙への愛も、やさしさから生まれるものなのかもしれない。

日ごろの人あたりももう少し良くしてくれるとうれしいんだけど……。

でも、タフなだけでも、やさしいだけでもダメなんだな。むずかしいことだ。

「わたし、記念館を盛りあげていきたい、と思うんです。でも、どうしたらいいかわからなくて……」

思い切って、ずっと悩んでいたことを口にしてみた。

「わからない？」

薫子さんが微笑んでこっちを見る。

「それはわからなくて当然よ。一成だってわたしだって、いろいろ考えてきたけど答えが出ないんだから」

「あ、そうですよね、すみません。新参者のわたしがちょっと考えただけで答えが出ると思ってるわけじゃ……」

「ううん、でもね、わたしたちができなかったことを、百花さんはしてくれた。百花さんだけじゃなくて、大学のお友だち……荒船さんも森沢《もりさわ》さんも、みんな若くて前向きで、わたしたちが考えもしなかったあたらしいアイディアを出してくれる」

「いえ、それは……」

「生命は代替わりするものだから。いろいろなことを知ってるからと言って、いい方法を見つけられるわけじゃない。なにも知らない人の方がこれまでとまったくちがうアプローチを考えつくでしょう？　そうやって開ける道もあると思うの」

「それはそうかもしれませんが……でも……やっぱり知識はないと……」

　そこまで言って口ごもる。

「それに、記念館だけをなんとかするんじゃ、どうにもならない気がして。たとえば、障子紙は障子がなければ活かせない。半紙も書道をする人が減ったら使われなくなる。使い道がなくなれば、紙だけあっても仕方ないじゃないですか」

「そうね、その通りだと思う」

「紙の良さを伝えるだけでなく、和紙を使う文化や習慣自体も復活させなければならないんじゃないでしょうか」

「それはむずかしいことね」

　薫子さんが息をついた。

「明治になって開国して、日本はどんどん姿を変えていった。自ら選んだ道だった。そうしなければ世界の中で生き残れない、と考えたのよね、きっと。街並みを変え、生活習慣を変え、あたらしい文化を取り入れた。日本を塗り替えていった。そして終戦後にまた……。いまの日本は、そうやってあたらしく作り変えられた世界よね」

わたしたちはもうその世界になってから生まれた。だから前のことはわからない。でも薫子さんはちがうのだ。戦争前のことを知っている。それから日本がだんだん変わっていったことも。

「むかしのように和紙を作り、使うということはもうできない」

薫子さんがきっぱりと言った。

「生き残るためには、あたらしいところに進む決意が必要でしょう? 捨てなければならないこともある」

薫子さんはそこで言葉を切り、わたしをじっと見た。

「強くないとね。でも、やさしくなかったら……。生きている資格、っていうのはわたしにはわからないけど、生きている意味がないような気がする」

生きている意味……。

「全部を取り戻さないとダメ、と思ったら、なにもできない。どこにも行けない。わたしが望んでいるのは、和紙をいまの世の中にふさわしい形で生かすこと。そのために若い百花さんにしかできないことがある」

「わたしにしかできないこと?」

「そうよ。これから先を生きる人にしかわからないことがある。そう思うの」

むかしのことを知らないからこそ発想できる。理屈ではわかる気がする。でも、具体的にはなんなんだろう。わたしにはなにができるんだろう。

「わかりました。ほんとはわからないけど……。がんばってみます」

「そうよね。みんな道なき道を行くんだもの。手探りで、ゆっくりでいいのよ」

薫子さんの声があたたかくて、なんだかとても大切なものに思えた。

4

土曜日の朝は東京駅集合。特装版を詰めた大きなトランクを持ったスーツ姿の藤崎さん、旅行気分全開の莉子とともに、七時半すぎの新幹線に乗って名古屋へ。会場は名古屋駅から徒歩十分ほどの大きな施設のなかにある展示場だった。

会場には九時半に到着。出展者は十時から入場開始、イベント開始までの一時間で設営を行う。設営はこの前の紙こもの市の経験を活かし、小型什器《じゅうき》を使って新商品を目立つように配置した。

名古屋での開催ははじめてらしく、来場者がどれくらいいるのか予測がつかなかったが、開場前から入口には長い列ができていた。

十一時、イベントスタート。莉子のＳＮＳの投稿のおかげもあって、最初からふじさきを目指して来てくれるお客さまもいて、ブースの前にもちょっとした列ができた。最初はあせってしまったが、やがて慣れ、お客さまとも会話できるようになってきた。

莉子は混んでいるときはレジを手伝い、少し人が引くとブースの様子を写真に撮り、SNSに流している。莉子はバイトでレジ慣れしていて、藤崎さんとふたりのときよりだいぶ効率が良い。むずかしい説明になったときは藤崎さんにまかせることにした。

売れ行きも好調で、「紙の絵本」普及版や組子障子のカードは、持ってきた分がほぼ完売。価格が高いから心配していた「紙の絵本」特装版も二十冊以上売れた。

五時にイベントが終了。猛スピードで什器や残りの商品を梱包《こんぽう》して発送。それから急いで名古屋駅に戻り、なんとか六時ちょっとすぎのワイドビューひだに乗りこんだ。これを逃すと到着がかなり遅くなってしまうと聞いていた。

美濃《みの》太田《おおた》で長良《ながら》川《がわ》鉄道に乗り換える。もう日は沈んでいたが、まだ少しあかるく、外の景色が見えた。長良川鉄道は単線で、鄙《ひな》びた雰囲気だ。刃物と鵜飼《うかい》で有名な関《せき》なども通る。莉子は扉のそばに立ち、電車が停まるたびに駅の写真を撮っている。

やがて美《み》濃《の》市《し》駅に到着。電車を降りた。

「なんか、すごいいい。かわいい」

ホームに降り立った莉子は、線路際に立って写真を撮っている。ホームひとつだけの小さな駅だ。真ん中に待合室のようなところがあり、なかをのぞくとむかしながらの木のベンチがあった。

駅の外に出るためには小さな階段をおり、線路の下のトンネルをくぐる。階段の入口に「レンタサイクルやってます」という色褪《いろあ》せた幕がかかっていたり、壁に長良川鉄道のあちこちの写真が貼られていたり、なんとも風情があった。

トンネルを出ると改札。その向こうにある小さな待合室も手作り感満載でめちゃくちゃかわいい。

「なに、この味わい〜！」

莉子は興奮してスマホで写真を撮りまくっている。

「まあ、もう今日は遅いから、さっさと宿に行こうか」

藤崎さんが子どもをなだめるように言った。

美濃市の中心街は「うだつの上がる町並み」と呼ばれている。今日泊まる宿はその町並みのなかにある。

駅の近くはしずかな田舎の町という感じだった。旧名鉄《めいてつ》美濃《みの》町《まち》線美濃《みの》駅の建物を通り過ぎてしばらくいくと、少しずつ商店街のような雰囲気になってきた。変な表情の木彫りの猫の像のあたりから、古い建物が増えてくる。

店はほとんど閉まっているが、古い木造の家がずっと並んでいる。

「かっこいいですねえ……。建物の感じがちがうけど、川越《かわごえ》とちょっと似てる……」

あたりを見まわしながら莉子が言った。莉子は秩父《ちちぶ》の出身で、同じ埼玉県にある川越市に親戚《しんせき》がいて、ときどき訪ねることがあるらしい。

「ああ、あそこは蔵造りの町並みだからね。黒漆喰《くろしっくい》の蔵造りだからここより建物が重厚だ。でも、町並みが残っているという点では似ているかもしれない」

藤崎さんが言った。わたしはまだ川越には行ったことがない。テレビで紹介されているのを見たくらいだが、たしかに重厚な建物がならんで、いかにも小江戸という感じの町並みだった。

ここの建物は木造で、壁は茶色い。その上に立派な瓦《かわら》屋根がのっている。「うだつの上がる町並み」という呼び名は、屋根の上にある「うだつ」というものに由来している、とガイドブックに書いてあった。

屋根の両端を一段高くして火災の類焼を防ぐために造られた防火壁のことを「うだつ」というようで、説明を読んでもあまりぴんと来なかったが、たしかにここの町の建物の屋根には、両端に縁のように高く上がっている部分がある。

「あれが『うだつ』……なんでしょうか」

藤崎さんに訊《き》いてみる。

「そうそう。うだつは関西のものなのかな。僕たちにはあまり馴染《なじ》みがないよね」

わたしが指した先を見ながら藤崎さんがうなずいた。

「『うだつ』を作るにはお金がかかる。裕福な家しか作れない。だから『うだつを上げる』『うだつが上がらない』という言葉ができた、ってガイドに書いてありましたね」

莉子が言った。

「そうだね。美濃市は江戸時代の商人の町だから。このあたりは『目の字』って呼ばれているんだけど」

「目の字？」

「道が漢字の『目』の形をしているんだ。ここに豪商がたくさん住んでいて、豊かな家には立派なうだつがついている。うだつももともとは火災での延焼を防ぐためのものだったらしいけど、だんだん装飾的になっていったんだよね、ほら、あそこみたいに」

藤崎さんが指した先を見る。うだつの先端、道路の方に張り出した部分には複雑な装飾がほどこされていた。


「着いたよ」

藤崎さんが古い蔵のような形の建物の前に立つ。

「え、もしかしてここに泊まるんですか？」

莉子があんぐり口を開けた。

「そう。ここはね、むかしは紙商の邸宅だったんだ」

「すごい。立派……」

わたしも莉子と同じように建物を見上げ、突っ立っていた。

「あの蔵みたいな建物に和紙工場直営の和紙専門店がはいっていて、記念館の取引先でもあるんだ」

藤崎さんはそう言うと、さっさと建物の方に歩き出した。

「なんだか、えらい立派なとこじゃない？　あの値段で良かったのかな」

莉子がひそひそ声で訊いてきた。

「たしかに……」

藤崎さんがわたしたちに宿泊費として提示したのは、ビジネスホテルくらいの代金だった。その値段でこんな素敵なところに泊まれるわけがない。

「早く。宿の人を待たせてるから」

藤崎さんがふりかえって言った。

「あ、すいません、すぐ行きます」

そう答え、ふたりで小走りにあとを追った。蔵の横に細い道が続いている。むかしのお屋敷という感じで、趣があった。紫乃叔母《おば》さんが好きそうな場所だ。きょろきょろしながら歩いていると、藤崎さんが蔵のなかにはいっていく。

「おしゃれ〜」

あとについてはいるなり、莉子がつぶやいた。

広く天井の高い部屋。木でできた棚にたくさんの引き出しがならんでいる。記念館にあるのと同じような、大きな紙を入れる引き出しだ。

「ここはむかし、紙の材料である楮《こうぞ》を保存する蔵だったんだよ」

藤崎さんがふりかえって言った。

「楮の蔵……」

記念館で見た楮の写真を思い出した。刈り取った木から皮を剝《は》がし、さらに茶色い薄い部分を取り除くのだと藤崎さんが言っていた。

「すみません」

藤崎さんがカウンターの奥に声をかけると、奥から男性が出てきた。

「遅くなってしまって、申し訳ないです」

「いえいえ、わざわざお越しいただいて。お待ちしてました」

「でも、もうショップは閉まっている時間でしょう？　ありがとうございます」

「じゃあ、お話はまた明日《あした》ということにして、今日はゆっくりお休みください。記帳だけしていただいて……」

宿の人が紙とペンを出す。藤崎さんはさらさらと記入している。

「おふたりは美濃市ははじめてですか？」

宿の人がわたしたちに訊いてきた。

「はい。はじめてです。もう暗いのでちゃんと見られなかったんですが、とてもいいところですね」

莉子がはきはきと答える。

「そう言っていただけるとありがたいです。わたしたちからしたら、遠くから人が来てくれるのがちょっと不思議なんですけどね」

宿の人はおだやかに笑った。

藤崎さんが書き終わった紙を差し出す。

「ありがとうございます。そしたら、こちらが鍵《かぎ》になります。こちらが藤崎さんで、こちらが女性おふたりの部屋」

宿の人が鍵を差し出す。藤崎さんと莉子が受け取った。

「頼まれていたお弁当、どちらに運びましょう？　皆さんいっしょにお食事されますか。藤崎さんの部屋の方が広い居間がありますが」

「じゃあ、そちらに運んでください」

「わかりました。すぐにお持ちしますね」

宿の人がうなずいた。


蔵を出て、奥に進む。

「うわああ、なにこれ、ちょっとやばいよ」

莉子が小さく叫ぶ。言いたいことはわかった。奥には細い小道が続き、むかしながらのお屋敷がそびえている。

固唾《かたず》を呑《の》みながらゆっくり進んだ。

「君たちの部屋はそこだから。僕の部屋はあっち。すぐ食事にするから、荷物を置いたら来てください」

藤崎さんが言った。

「そちらの部屋は、襖《ふすま》や壁にいろいろな和紙が使われているからね。藍染《あいぞめ》の紙とか……。たしか二階には本美濃紙や手漉《てす》きの揉《も》み紙を貼った障子があったっけ」

「に、二階？　二階があるんですか？」

「そう、メゾネットだよ。もともと茶室として使われてた部屋みたいで、入口も狭い。面白いからよく見ておいてください」

「あ……はい、わかりました」

莉子は借りて来た猫のようだ。

小さな戸の鍵穴に鍵を差しこむ。がちゃがちゃと音がして、戸が開いた。低い玄関をくぐり、なかにはいった。

「ちょっと、やばい」

しーんとした部屋のなかに莉子の声が吸いこまれていく。

「ファンタジーなの？　本物感がやばい」

莉子がつぶやく。さっきから「やばい」しか言ってない。でも気持ちはわかる。母や叔母と古民家風に作ったリゾートホテルに行ったことはあったが、それとはまったくちがう。ここは本物だ。なんとか庭園とかで見かけるようなほんとに古い日本家屋。そこに泊まるみたいな感じだ。

「ここに泊まるって……まじか……」

莉子は写真を撮るのも忘れてぼうっとしている。たしかにすごい。襖や壁に変わった和紙が使われているが、これは最近貼り替えたものみたいだ。さっきの蔵にはいっていた和紙屋さんが作ったものなのだろうか。

「すぐご飯だって言ってたし、行こうか」

我にかえって言った。

「そうだった。行かないと」

莉子もようやく荷物を床に置く。

ばたばたと鍵を閉めて外に出て、さっき藤崎さんが指した方向に進む。わたしたちの部屋とは別の建物みたいだ。

「これは……蔵だよね、きっと」

莉子が見あげて言った。

「そうだね」

戸に手をかけると鍵はかかっていない。

「すみません。吉野です」

声をかけながら中にはいると、木の壁に囲まれた吹き抜けの居間が目にはいってくる。部屋の真ん中に大きなテーブルがあり、その上に立派な重箱が三つ置かれていた。

「ああ、ごめん、ごめん、早かったね」

二階から藤崎さんがおりてきた。

「もうお弁当も来てるから。あとで宿の人がごはんとお吸い物を持って来てくれるみたいだけど、食べはじめようか」

そう言って、席につく。わたしたちも向かい側に座った。

「なんだか、すごい建物ですね」

莉子が部屋のなかを見まわしながら言った。

「ここはね、以前は道具を収納していた倉庫だったらしいよ。僕は何度か来てるんだけど、この部屋が好きなんだ。蔵なのにあかるくて、落ち着く」

「わたしたちの部屋も……」

「君たちの部屋もいいだろう？　いろんな和紙が使われているから、あとでゆっくり見るといい。ああ、ここにも和紙を使った壁がある。和紙の工場が作った宿だからね。リノベーションするとき、あちこちに手漉き和紙の職人さんの創作和紙を貼ったんだそうだ。和紙の照明も使ってるし、和紙の宿だね」

「そうなんですね」

いわゆる高級旅館とはちょっとちがうようだが、建物は本物だ。

「さっきも言ったけど、ここはむかし紙商の邸宅だったんだよね。君たちが泊まっている建物が主屋で、茶室もあったし、客もてなしていたみたいだよ」

「つまり、さっきの宿の人のご先祖さま、ってことですか」

「いや、そうじゃないんだ。この家の持ち主、つまり紙商の子孫だね、その人が高齢になって建物を手放したんだよ。それを古民家再生プロジェクトの人と、美濃の和紙工場の人が引き取って、宿とショップにした。さっきフロントにいたのは、その和紙工場の跡取り」

「複雑なんですね」

「彼の工場には手漉きと機械漉きの両方があってね。さっきのショップに商品が置かれてるし、和紙を使いたい人の相談にものってるみたいだ」

「素敵なお店でした」

思い出しながらつぶやく。あの引き出しにはきっといろんな種類の和紙がはいっていたんだろう。

「明日はゆっくり見られるよ。さあ、まずは食べようか」

藤崎さんがお重の蓋《ふた》をあける。わたしたちもおそるおそる蓋を取った。なかには先付、お造り、焼き物、煮物と、懐石料理のような品々がならんでいる。どれも小さくて上品だ。蓋つきの磁器をあけると、なにかわからないが蒸し物みたいだ。

「ふたりのおかげでけっこう売れたしね。ほんとは料亭とかで打ち上げするべきなんだろうけど。今日は何時に着けるかわからなかったから」

藤崎さんが言った。

「ふたりはお酒は……。吉野さんは未成年だったよね？」

「はい……」

「わたしは大丈夫です！　もう二十歳になりましたから！」

莉子が元気よく言った。莉子の誕生日は六月。夏休み前のサークルの懇親会でもビールを飲んでいた。わたしは三月生まれだから、まだだいぶ先だ。

「じゃあ、ちょっとだけ飲みましょうか」

藤崎さんが莉子のグラスにもビールを注いだ。ウーロン茶も用意されていて、わたしだけ仕方なくウーロン茶を注ぐ。

「では乾杯しよう。今回もありがとう」

三人でグラスを合わせ、しばらく今日の紙こもの市のことを話した。莉子もわたしも交代で休憩をもらっていたので、ほかのブースをまわったのだ。東京や横浜の紙こもの市より少し規模が小さかったが、はじめて見るブースもあった。

なによりも、記念館でバイトするようになってわたし自身の見る目が変わったのだろう。商品のことで参考になることも多かった。莉子もディスプレイの仕方や告知宣伝の方法など、いろいろ考えるところがあったみたいだった。

「失礼します」

食事がだいぶ進んだころ、外から声がした。

「宿の人だね」

藤崎さんが立ち上がり、戸を開ける。

「こんばんは」

さっきのフロントにいた男性ともうひとり女性がお盆を持ってはいって来た。

「お部屋はいかがでしたか？」

男性がわたしたちに訊《き》いてくる。

「荷物を置いてすぐここに来てしまったのでまだ全部見ていないんですが、とても素敵で……。びっくりしました」

「ほんとに紙商が建てたものですから。ここは楮《こうぞ》問屋だったんですよ」

「どれくらい古いんですか？」

「築九十年を超えているそうです。もともとは客をもてなす別邸として建設されたものだったみたいです。ここは道具蔵ですが、ほかに金庫蔵の部屋もあるんですよ」

「金庫蔵！」

莉子が声を上げる。

「ここを建てた主人は茶人でもあったそうで、おふたりの泊まっている部屋の一階は茶室として使われていたようです。庭も凝っているんですよ。明日《あした》あかるくなってから見てみてください」

「ごはんはどうしましょう。おひつにはいっていますが、すぐ召しあがりますか」

女性が訊いてくる。

「いえ、そのままで。あとは自分たちでしますから」

藤崎さんが答えた。

「これで大丈夫でしょうか？」

「ええ。いろいろありがとうございました」

「そうしたら、わたしたちは家に帰ります。なにか困ったことがあったら、こちらに電話してください」

ふたりはお辞儀をして部屋を出ていった。

「帰っちゃうんですか？」

莉子が不思議そうな顔をした。

「うん。ここはそういう宿なんだ。旅館やホテルとはちょっとちがってて、部屋を貸す感じ。ベッドメイキングや掃除はしてくれるけど。と言っても家も近いから、なにかあればすぐに来てくれる」

朝食は出るが夕食はない。予約しておけば近くの料亭で夕食を取ることもできるらしいが、今日は到着時間がよめないからお弁当を頼んだのだそうだ。お弁当だけでは冷たくて味気ないだろうから、と宿の人が特別にごはんとお吸い物だけ温かいものを準備してくれたのだった。

藤崎さんの話によると、企業から依頼されたパッケージの件で、ここの和紙屋さんと大きな取引があるらしい。それで宿泊も優遇されているみたいだった。

「さっきの話ですけど、つまり、紙職人と紙商っていうのは別物ってことなんですね」

少し経ってからわたしは訊いた。

「そう。紙商は紙の取引をする人。紙漉《かみす》きをする人たちとは別。美濃市の目の字のあたりには豪商がたくさん住んでいたんだよ。ほとんどが紙商だ。いまはもう店を閉じてしまっているけどね」

藤崎さんが答える。

「美濃市は紙商が作った町だ。紙商はそれほど豊かなものだったんだ。明日はこの紙店を見てから町をまわろう。ほかにもたくさん和紙を扱う店があるし、和紙を使った照明を集めた施設もあるから」

紙小物の店もたくさんあるようで、ネットで調べていたときから楽しみにしていた。

食後は部屋に戻り、庭の見える風呂《ふろ》に湯を張った。ゴージャスだなあ、と莉子もすっかり満足している。二階のベッドに横たわると、なんだかすごく長い一日だったなあ、と思った。朝、東京駅から新幹線に乗ったのが遠いむかしのようだった。

5

目が覚めると外があかるかった。莉子もわたしも昨日はかなり疲れていたようで、おやすみも言わずにふたりとも横たわるなり眠りに落ちてしまったらしい。

莉子はまだ寝ている。起きあがり、障子をあけた。

「うわ、すごい」

昨日は暗くてよく見えなかったが、眼下に建物に囲まれた小さな庭が見えた。

時計を見ると、もう朝ごはんの時間が近かった。今日はそれぞれ朝食を食べたあと、宿の前の店に集合、と決まっていた。

「莉子、朝だよ、朝」

莉子に声をかける。莉子は眠ったまま嫌そうな顔をして反対側に寝返りを打つ。

「ねえ莉子、庭、すごいよ」

「え、庭？」

今度は少し反応した。

「庭！」

声をあげ、急にがばっと起きあがる。

「ほら、見て」

障子の向こうの窓を指すと、ふらふら立ちあがって窓に近づいた。

「おおおお、すごい。こうなってたのか……」

主屋は庭をはさんでもっと奥まで連なっている。屋根の瓦《かわら》が朝日を浴びて光っていた。

「そろそろご飯だよ。下におりよう」

「あ、そうだね」

今日はわたしたちふたりだからそのままでいいや、ということで、浴衣《ゆかた》のまま階段をおりる。古い建物だから階段が急だ。

「結局、昨日はすぐ寝ちゃったからあんまり見てなかったけど……やっぱりすごいね、この部屋」

莉子がつぶやく。洗面所には大きなガラス窓がついていて、外はあの庭だった。昨日お風呂にはいったときも見たけれど、朝の光のなかで見るとまた雰囲気がちがう。交代で顔を洗い、歯を磨いた。

「で、ごはん食べる部屋ってどこなんだっけ？」

「入口から右に進むって言ってたよ」

一階は小さな部屋に分かれていて、襖《ふすま》にはどこも変わった和紙が貼られている。

「こっちにも部屋、あったんだ」

小さな廊下を進んだ先に戸がある。そっと開くとなかはダイニングルームだった。ふたりで席に座るとすぐに、反対側の扉の外から声がした。昨日の女の人みたいだ。

「どうぞ」

「朝ごはん、お持ちしました」

お盆を持って女の人がはいってくる。どうやらこの奥も建物が続いていて、その先に主屋の台所があるらしい。目の前にお皿がならぶ。土鍋《どなべ》で炊いたごはんと焼き魚。美濃の郷土料理の小鉢。

「昨日はお疲れでしたでしょう？」

支度が終わると、女の人が言った。

「はい、すぐ眠ってしまいました」

「今日はどうされるんですか？」

「こちらのお店を見て、それから町のなかをめぐる予定です。和紙のお店がたくさんあるって聞いているので、楽しみなんです」

「そうですか。なにもないところですけど……」

女の人がくすっと笑う。

「そうですか？　町並みもきれいですし……」

「ありがとうございます。わたしたちからすると、見慣れた、なにもない風景なんですけど。じゃあ、ゆっくりなさってくださいね」

お辞儀をしてさっきの扉から戻っていった。

料理は素朴だが、どれも手がこんでいておいしかった。しずかななか、ゆっくり食事をしていると、いつのまにか藤崎さんとの約束の時間が迫っていた。

あわてて二階に戻り、身支度をする。莉子はリュック、わたしは斜めがけバッグ。荷物を詰め替え、階段をおりる。部屋の鍵《かぎ》を閉め、ショップに向かった。

「おはよう」

藤崎さんはすでにショップにいた。宿の主人となにか話している。

楮蔵を改装したもので、真ん中は吹き抜けになっている。一階にならべられた棚は木製で、ナチュラルな雰囲気。天井から和紙のオブジェがさがり、風に揺れていた。

「美濃和紙の特徴は、薄くて丈夫で、しなやかなところにあります。きめが細かく光をやわらかく通すので、照明にもよく使われるんですよ」

ご主人が言った。

「照明ですか。そういえば、美濃和紙を使ったあかりの博物館があるって……」

莉子がガイドブックを開く。

「美濃和紙あかりアート館ですね」

ご主人がうなずいた。

「そこもあとで行くよ。びっくりするような細工も見られるからね」

藤崎さんが言った。

「美濃和紙は光の和紙だよ。障子に提灯《ちょうちん》、そしていまは照明。光に透けたとき、透明なガラスとはちがう別のうつくしさがある」

光の和紙。藤崎さんの言葉が耳に残った。

藤崎さんがご主人と相談しているあいだ、わたしたちはショップのなかの和紙を見てまわった。真ん中の棚には機械漉きの和紙。奥には和紙職人が漉いた手漉き和紙。

機械漉きにもいろいろな種類がある。藤崎さんによれば、機械漉きは実用性を考えて作られていて、加工に適したものも多いらしい。今回依頼するパッケージも機械漉きの紙を考えているみたいだ。

引き出しのなかの紙を見ていると、なにか作りたくなってくる。これまで、紙というと文具や本のようなものばかり思い浮かべていたが、照明やインテリアっていうのもおもしろいのかもしれない。藤崎さんはそういう仕事もしているみたいだし。

「百花、この紙、すごい」

うしろから莉子の興奮した声が聞こえた。

「なになに？」

ふりかえり、莉子の方に歩いた。

「これ。見てよ」

莉子が開いた引き出しの中には、海があった。

「海……」

「そう、海なんだよ」

莉子がため息をつく。

紙の名前は「波」。白い波の模様の紙の下に、模様が見えやすいように青い紙を重ねてあった。ランダムに白い波のような部分があり、ほかは下の青い紙がそのまま透けて見えるほど薄い。だから、引き出しのなかに一面の大海原が広がっているように見える。

「これ、どうやって漉いたんだろう」

じっと見つめる。

「すごいでしょう? これはどうやって漉いたのか、僕も教えてもらえませんでした」

うしろからご主人の声がした。

「波だけじゃなくて、雲もあるんですよ」

ご主人が別の引き出しをあける。そのなかには空が広がっていた。あわあわとした雲が青い空にいくつも浮かんでいる。もうこれはこの一枚で完成品だ。ここから加工するものじゃない。このまま壁に飾っておきたい。

「こんな紙もあるんですねえ」

莉子が小さくつぶやく。

「芸術品ですね。いや、絵よりもっと神聖……っていうか、汚れがない感じ」

莉子の言ってることが少しわかる気がした。絵は人が描いたものという気がするが、紙は自然がそのまま形になったように見える。まだだれも踏んでいない雪野原や、しずかに波立つ水面のような。

「職人が漉《す》いた本美濃紙もありますよ。ご覧になりますか?」

そう言われ、うなずいた。ご主人がとなりの棚に移動し、引き出しをあける。なめらかな紙の面があらわれ、思わず息を呑《の》む。ここにはなんの模様もない。だがほんとうにうつくしい。見ただけでそのしなやかさが伝わってくる。

「きれいですね」

それしか言えない。「紙」としか言えない、でも非の打ちどころのないうつくしさ。

「うちでは手漉き和紙の工房や機械漉きの和紙工場の見学ツアーも行っているんですよ。和紙を買いたい、和紙のことを学びたい、という人たちに、職人さんやメーカーの技術や思いを伝えていきたいんです」

ご主人が言った。

「世の中に和紙を流通させるために力を尽くしたいんです。むかしはどこにでもあったものだったのに、いまの日本人は和紙から遠く離れてしまった。だからもう一度、お客さまと作り手を結びたいんですよ」

「どんなにいいものを作っていても、だれも必要としなかったら作り手も意欲を失ってしまいますからね」

藤崎さんが言った。

ぼんやり、そうなのか、と思った。自分になにができるのか。この前からずっとそんなことばかり考えてきた。でも、いまのご主人と藤崎さんの言葉のなかに、なにか大事なことが含まれている気がした。

それから藤崎さん、莉子と三人で美濃市の町をめぐった。地図を見ると、美濃市の中心街「目の字」と呼ばれる地域はとても小さい。ただ歩くだけなら、一時間もあればまわってしまえそうだ。

だが、そのなかに気になるお店がたくさんあった。昨日着いたときはもう暗くてよくわからなかったが、あちらにもこちらにも和紙の店があった。宿に併設されたショップは紙そのものだけだったが、どの店にも紙小物がたくさん置かれている。はいりたい。中を見たい。店の前に来るたび足が止まる。だが、藤崎さんは午後、宿の主人と工場に行くという話だったので、紙の店はそれから莉子とふたりでゆっくりめぐることにして、午前中は旧今井《いまい》家住宅の見学に行くことにした。

江戸時代築の建物で、家の東と西で様式が異なることから、江戸中期に建てられ、明治初期に増築されたといわれているらしい。鬼瓦《おにがわら》が小さく簡素な造りで、これはもっとも古いうだつ軒飾りの形式なのだそうだ。

　今井家は江戸末期から昭和十六年まで庄屋《しょうや》をつとめてきた和紙問屋。はいるとすぐに帳場がある。商いに使われていた帳場机や帳簞笥《ちょうだんす》、火鉢などが置かれ、当時の様子を再現している。

　庄屋だっただけあって、立派な建物だ。大黒柱は太く、隣の部屋の上には煙突のような高いあかり取りがある。土間にはかまども残っていた。

　奥座敷から中庭に出ることができた。庭には水琴窟《すいきんくつ》があり、水を注ぐと涼しそうな音を立てた。庭の先にはうだつ蔵とにわか蔵、そして美濃史料館という建物がならび、商人の街だった美濃の歴史がわかるようになっている。

　美濃和紙の歴史は千三百年。奈良時代の「正倉院《しょうそういん》文書」に正倉院に保存されている戸籍用紙が美濃和紙であると記されているのだそうだ。

室町時代、美濃国守護職の土岐《とき》氏が紙作りを奨励し、「六斉市《ろくさいいち》」という紙市場を開くことで和紙の産地として栄えるようになり、美濃の紙は商人の手で関西に運ばれ、広く知られることになった。

江戸時代、美濃和紙は幕府と尾張《おわり》藩御用紙となる。明治維新によって、それまで必要だった免許制度がなくなり、製紙業が急増。国内の需要の増加と海外への進出もあって、大きく発展、最盛期には三千から四千軒の紙漉き職人の家があったのだという。

この町は紙で財を成した豪商が作った商家町だった。現在も残っている江戸時代、明治時代に建てられた家の大部分は紙商を営んだことがあるらしい。その富の象徴がうだつなのだった。

だが、明治二十四年の濃尾《のうび》震災、太平洋戦争による物資や人材の不足、洋紙にとって代わられたこともあり、昭和三十年代には千二百軒あった生産者が昭和の終わりには四十軒、現在では十五軒まで減ってしまった。

二〇一四年、美濃和紙のなかで最高の品質をもつ本美濃紙はその伝統技術を評価され、石州半紙や細川紙とともにユネスコ無形文化遺産に登録された。ふたたび和紙に注目が集まり、こうして和紙の町として観光客が訪れるようになったのだ。

「紙がそんなに財を生んでいたのかあ」

展示の説明をながめながら莉子がつぶやく。

「むかしは紙はそれだけ貴重なものだったんだよ。いい紙で書状をしたためることが権力の象徴にもなった」
藤崎さんが答える。この立派な建物を建て、この町を作るくらい、紙には力があったのだ。そう思うと少し怖くなった。

それから、美濃和紙あかりアート館へ。美濃では毎年「美濃和紙あかりアート展」というコンテストが行われているらしい。各地から美濃和紙を使った創作照明が集まり、うだつの上がる町並みのメインストリートにならぶ。

この館にはそのコンテストの入賞作品などが展示されている。暗い館内に、ほんのりしたあかりがならんでいる。子どもや学生部門から本職の作品まで、どれも見たことのないような凝った造りだった。

館を出ると、もう一時近かった。外は暑い。藤崎さんの待ち合わせの時間もあるので、昼食を取ることにした。目の字の通りを歩き、莉子がネットで見つけた米粉を使ったパン屋さんにはいることにした。

古民家を改装した人気店で、店内はかなりにぎわっていたが、すぐに座ることができた。莉子はピザのセット、藤崎さんとわたしはサンドイッチセットを頼んだ。米粉を使ったパンはもちもちで、ボリュームもある。

昼食を終えると、藤崎さんはもう約束の時間が近いらしく、宿に戻って行った。わたしたちはそのまま店に残り、これからどこをまわるか相談した。

目の字にある店はほとんど五時で閉まってしまう。和紙の店は全部見たいし、どの店もはいったら相当の時間がかかりそうだ。莉子は甘味処にも寄りたいと言う。スマホを見るともう二時近い。こうしてはいられない、と席を立ち、店を出た。

目の字を歩く。きれいな町だ。建物が道に沿って整然とならんでいる。そのほとんどがうだつのある瓦《かわら》屋根の木造家屋。だから統一感がある。莉子は歩きながら、建物の写真を熱心に撮っている。

店にはいると、目の前に広がる和紙の世界に心が躍った。うつくしい柄で染められた友禅和紙や、千代紙、折り紙、封筒、ポチ袋などの文具系の紙小物、和紙で作った人形やかわいらしい置物。どの店も一度はいったらなかなか出られない魔力を持っている。紫乃叔母《おば》さんとはじめて紙こもの市を訪れたときと同じ。情報量が多過ぎて、頭がパンクしそう。最初は買いたいものをすべて手に取っていたが、これではお金がいくらあっても足りない、と気づいた。

莉子と相談し、まずは一周すべての紙屋を下見でまわり、いったん甘味処で休憩、そのあと二周目で欲しいと思ったものを買う、というプランにした。一軒一軒紙屋を見ては次の店へ。小物の店だけではなく、照明の専門店などもあって見飽きることはない。

なかにはモダンなかまえの店もあった。いわゆる和風の紙小物とはちょっとちがう、北欧風、とでもいうのだろうか、シンプルでかわいいものがそろっている。窓には蝶《ちょう》の形の和紙が貼られ、天井からは和紙のモビールが垂れて揺れていた。

「これきれい」

莉子の声がした。莉子が指した先に、透明な袋にはいった羽のようなものがあった。

「羽？」

鳥の羽だ。いや、羽一枚の形の紙。細い羽毛が一本ずつ切り出され、本物の羽みたいだ。切り出された、というのもちがう。一本一本の羽毛の縁は、手漉《てす》き和紙の縁のように毛羽立っている。つまり、最初から羽の形で漉かれたもの、ということだ。

「これ、どうやってこの形に漉くんだろう」

莉子は羽の袋を手に取り、目を近づけて凝視している。すごい。こんなものも作れるのか。胸がどきどきした。どうやって作ったのか全然わからないが、ほかにも雪の結晶、動物や植物などさまざまなデザインのものもあった。

窓のデコレーションも、天井からさがっているモビールも、よく見るとこれと似た作りで、周囲が毛羽立っている。人が作ったのではなく、自然から生まれたもののみたいだった。

目の字を一周したあと、莉子が寄りたいと言っていた甘味処へ。莉子はかき氷、わたしはあんみつ。あんまり時間がないからふたりとも黙々と食べた。そうして、二周目に寄る店を厳選した。「ほっこり女子旅」どころではない。強化合宿だ。

行きたい場所がちがうので、紫乃叔母さんと紙こもの市に行ったときのように分散してまわることにした。いくら目の字が小さいと言っても、歩いてまわればそれなりに時間がかかる。商品を選んでレジに行く時間も考えるとひとりで行動するしかない。

　甘味処を出ると莉子と別れ、ダッシュで店をめぐった。

　ほしいもの、というだけじゃない。今後の記念館の商品づくりの資料でもある。明日《あした》は朝から一日紙漉き体験で、ここに戻ったときにはたぶんもう店は全部閉まっている。だから、漏れは許されない。気になったものは今日全部手に入れないと。

　走りまわってチェックしていたものをすべて買ったあと、羽の和紙カードを見つけた北欧風の店へ。ここはしっかり見たかったから最後にしたのだ。

　店にたどりついて中にはいると莉子がいた。羽のカードが置かれたあたりに立ち、商品をいくつか手に取り、吟味している。

「莉子」

　横から声をかけた。

「あ、百花。やっぱり百花も最後はこの店か」

　莉子はちょっと笑って、すぐにカードに目を戻した。いまはおしゃべりをしている場合ではない。

　窓のデコレーションは水でガラスに貼るものらしい。いろいろな形があって、どれもきれいだ。ほかにも紋のはいった美濃和紙の折り紙、うつくしい柄の表紙の御朱印帳、手漉きの雁皮紙《がんぴし》に天然ニスを塗った「水うちわ」、和紙を使ったアクセサリー。

どれも気になる。どれもほしい。でもお値段もけっこうするので、厳選に厳選を重ねる。紫乃叔母さんと母へのお土産も買わなければ。あの羽の形のカードは自分用にどうしてもほしい。迷っているうちに時間がどんどん過ぎていく。

いいよね、そうそう来られる場所じゃないし、少しくらい。

最後は自分に言い聞かせ、商品を重ねてレジに行った。莉子が会計している。けっこう買っているみたいだ。莉子が終わったあとレジに商品を置く。

「ずいぶん買ったね」

莉子がとなりで笑っている。

「勉強、勉強」

そう言い返した。

店を出ると五時を過ぎていた。まだあかるいが、通りの店はほとんど閉まっている。少し遅くまで開いているカフェがあったので、そこにはいってお茶を飲むことにした。莉子はアイスコーヒー、わたしはアイスティー。おいしそうなケーキもあったけれど、さっき甘いものを食べてしまったので、それは我慢。代わりに小さい焼き菓子のパックを買って、ふたりで分けた。

「ああ、なんかいろいろ買っちゃった。でもしあわせ」

莉子もだいぶ買い物したみたいで、満足そうな表情だ。お茶を飲みながらおたがいの戦利品を見せ合う。例のカードは莉子も買っていた。

藤崎さんは夜は工場の人たちといっしょに食事すると言っていた。わたしたちは町の店で食べることにして、いったん荷物を置きに宿に帰った。

少し休んだあと、近くの定食屋へ。店内が薄暗く、最初は少し心配になったが、そのうち地元の人らしい家族連れが入ってきた。お父さん、お母さん、おばあちゃん、おじいちゃん、それに子どもたち。みんな普段着で、楽しそうに会話しながら注文を決めている。

莉子はみそ煮込みうどん天ぷらつき定食、わたしはみそカツ丼を頼んだ。また地元の人らしい男性のふたり連れがはいってくる。

大声で話す人はいない。ぼそぼそとしゃべったり、ときどき笑ったり。なんだかなごやかでアットホームだ。

「藤崎さんはどこで食事してるんだろうね」

莉子が言った。

「さあ、どうなんだろ？　でも、なんとなくこの町の中じゃない気がしたけど」

「藤崎さん、ここには何度も来てるみたいだよね」

「そうだね。でも、和紙を作ってる場所にはどこでも行ってそう」

「よっぽど和紙が好きなんだね。彼女とか、いないのかな？」

莉子が首をかしげる。

「彼女……」

一瞬、薫子さんの秘書をしている瓜生《うりゅう》朝子《あさこ》さんの顔が浮かんだ。美人で有能そうな人。藤崎さんのことを名前で呼んでいたので、最初は彼女かと疑ったが、結局一族みんな藤崎だから、名前で呼んでいるだけだとわかった。

「やっぱ、いないよね」

莉子が小声でつぶやく。

「え、それ、失礼じゃない？」

思わずそう言ったが、わからないではない。

「薫子さんの話を聞くかぎり、まだ独身だとは思うけど……。彼女いるかまではわからないよ」

「まあね。けっこうイケメンだとは思うんだけど、紙にしか関心なさそうだしなあ」

「それは言える」

「でも、ああいう人には意外と世話女房みたいな人がいるのかも。大学時代の同級生とかでさ、この人にはわたしがついてなきゃ！　みたいな？」

莉子が両手を胸の前で組み、目をきらきらさせる。

「そうだねえ。ありえないわけじゃ、ないと思うけど……」

言葉を濁した。

「とにかく、悪い人じゃ、ないよね」

莉子が言った。

「それはそうなんだけど……。もうちょっと愛想よくしてくれるといいかな、って。一日記念館でいっしょにいても、一回も笑わないときもあるんだよ。いまは慣れて前ほど怖くはなくなったけど……。最初はびくびくしてた」

わたしがそう答えると、莉子は、そうだったんだ、と言って、けらけら笑った。

食後は部屋にもどり、莉子とあれこれしゃべった。サークルのこと、大学のこと、記念館のバイトのこと。薫子さんや藤崎さんから言われた「わたしにしかできないこと」がなにかについて。

「でもさ、それってある意味すごくしあわせなことなんじゃない？」

莉子が言った。

「どうして？」

「百花には才能があるってことだよ。紙もの作りの。そういうのって、たぶんふつうにしてたら趣味ってことになって終わりでしょ？　けど、百花は藤崎さんたちと出会ったことで、それを仕事にできるかも、ってとこまで来てるわけじゃない？」

「たしかにそうだね。小物作りは前から好きだったけど、仕事になると思ったことはなかった。それがほんとにやりたいことだったのか、って言われると、よくわかんないけど」

「じゃあ、なにがしたかったの？」

「むかしは……小説書いてみたい、と思ったり……」

これまで話したことがなかったが、なぜかするっと口から出た。

「え、そうなの？」

莉子が目を丸くした。

「あ、それこそ夢物語だよね。でも、わたし、父が小説家だったから……」

「ええっ」

莉子がますます目を丸くする。

「そうなの？　知らなかった」

そういえば、大学ではだれにも話したことなかったな、と思った。

「吉野雪彦っていうの。知らないよね」

「ごめん……」

「ううん。もうだいぶ前に死んじゃったし、本も古本でしか買えないし」

「今度図書館で探して読んでみるよ。そういえば、百花のお母さんって編集者なんだよね」

「そう。もともと、母は父の担当編集者だったんだ」

わたしは簡単に父と母の出会いについて話した。父が母の十五歳年上だったこと。仕事で出会ったこと。

「そうだったんだ……」

「だから、わたしは本にかかわる仕事しか知らない、っていうか……。けど、だんだん自分には小説は書けないな、って思うようになった。それでもなんとなく、文章にかかわることをしたかったから、小冊子研究会にはいったんだ」

「なるほどね」

「だけどはいってみたら、莉子はネットにくわしいし、SNSも使いこなしてて、森沢先輩の動画もすごいし、いまはこういうのできないとダメなんだ、ってちょっと凹《へこ》んで。自分は時代遅れだなあ、って」

「そうか。わたしはやっぱりネット関係でやっていきたい、って思ってるよ。楽しいし、自分に合ってる、って思う。ほんとはわたしもむかしはゲーム作りたい、とか、ボカロ作りたい、とかいろいろ夢はあったんだけど」

「え、そうなの？」

　こっちもびっくりした。

「そうそう。まあ、黒歴史、ってやつ？　でも、いまはルポとか紹介記事を書いたりする方が楽しいし、こっちでやっていきたいと思ってる。記念館の仕事もその足がかりになるかも、って思ってるとこもあるんだよね」

　内心、莉子はすごい、と思った。

「今回も、イベント出て、ここまで来て、別にそれがすぐになにかにつながるわけじゃないけど、やっぱりなんか、やってみると手応《てごた》えがある。今日の写真もSNSにあげたらけっこう反応よかったし」

「そんなことやってたの？」

正直驚いた。ただ写真を撮っているだけと思っていたが、そんなことをしていたのか。

「ただSNSを使ってるだけじゃ、仕事にはならないからね。大学卒業、ううん、就活はじめる前になにか足がかりをつかみたいんだよ」

ぼんやり受け身で構えている自分が恥ずかしくなった。

記念館のためになにができるか。そんなふうに考えてばかりいたけれど、それは自分の生きる道を探すためでもあるんだ。わたし自身が食べていくための道。それを探すためにも、この旅でなにかをつかみたい、と思った。

そのとき、藤崎さんからメッセージがはいった。自分は今日は遅くなる。明日《あした》の朝は美濃和紙の里会館に行くため、わたしたちは早い時間に出なければならない。だから、朝はそのまま宿を出て、夕方町に戻ってから宿で集合しよう、ということだった。

美濃和紙の里会館での体験は朝十時から。美濃市では定期的なバスというものはなく、予約制の乗り合わせタクシーで移動するらしい。九時十五分の便を予約したので、八時にはご飯を食べはじめないと間に合わない。

身支度とチェックアウトの支度も考えると、七時には起きた方が良さそうだ。交代でお風呂《ふろ》にはいり、スマホのアラームをセットして眠った。

6

次の朝は、アラームが鳴る前に目が覚めた。今日はいよいよ紙漉《かみす》き体験。前とちがって丸一日、たっぷり紙漉きをすることができる。考えるとどきどきした。

莉子も時間通りに起き、身支度と荷造りを終え、八時から食事。フロントに荷物を預け、宿の向かいの銀行に向かった。ワゴン車と聞いていたが、どこにも車の姿はない。ほんとに来るのかな、と不安になりながら待っていると、九時十五分少し前にワゴンが一台やって来た。

おじさんがドアを開け、のんびりした声で、どうぞ、と言う。ほかにお客さんはいない。料金を払って、うしろの方の席に莉子とならんで座った。少し待っていると、地元の人らしいおばさんがひとり乗って来て、発車した。

うだつの上がる町並みを抜け、大きな川を越える。途中の停留所でおばさんはおりていき、代わりにひとり、男の人が乗ってくる。それからしばらく川沿いを走った。

広々した風景だ。左手は川。右手は山。山の裾野《すその》のあちらこちらに家が建っている。小さな工場のようなものもある。美濃市の町のまわりにはこんな世界が広がっていたのか。

ワゴンが白い大きな建物の駐車場で止まる。

「着いたよ」

運転手のおじさんがまたしてものんびりした声で言った。

「ありがとうございました」

お辞儀をして車をおりた。美濃和紙の里会館は、大きくて立派な施設だった。体験がはじまるまで十五分ほど時間があったので、二階の展示をさっとながめた。

企画展で創作和紙の作品がならんでいる。白い和紙とガラスで作った花器やインテリア。どれもどうやって作ったのかわからない不思議な作品だが、繊細できれいだったし、こういうことができるのか、と驚きの連続だった。

十時五分前になり、地下のミュージアムショップの奥にある体験工房の前に行く。なかは広々していて、紙を漉くための水槽がいくつもならんでいる。なかには小学生の団体がいて、水槽のまわりで作業をしていた。

「一日体験の方ですね」

講師の先生が出てくる。三十代半ばくらいだろうか、眼鏡をかけた気さくそうな男の人だった。

「はい。今日はよろしくお願いします」

ふたりでお辞儀をする。午前中は紙漉きの工程の概説を聴き、外の施設の見学をして、紙漉きの練習。昼休みを挟み、午後に本番。四枚の紙を漉くというスケジュールらしい。

一日作業して、漉けるのはたった四枚なのか。

「いまは小学生の見学中なんですが、もうすぐ終わります。そのあいだ、紙漉きに関する映像を見て、外の現場を見学していただきますね」

先生についてとなりの講義室のような部屋にはいり、美濃市の紙漉きに関する映像を見た。楮《こうぞ》を蒸し、皮を剝《は》ぎ、川にさらす。

来るときに車窓から見えた川だろう。職人さんたちが浅瀬にはいり、木の皮を水につけている様子が映っている。内皮を浅瀬に二、三日さらすことで、不純物を取り去り、漂白する。本美濃紙では漂白剤は使わずにこうして自然の力で漂白するらしい。

映像を見終わったころ先生が戻ってきた。紙漉きの工程の概説を聴きながら、外の施設を見学する。楮の刈り取り、蒸して皮を剝ぎ、川にさらす。それから大きな釜《かま》で煮熟《しやじゆく》、漂白。ここまでは見学しながら説明を聞いた。

そのあとエプロンをつけ、塵取《ちりと》り、叩解《こうかい》を少しだけ経験した。記念館でも映像を見たことがあったし、なにをするか頭ではわかっていたが、実際に体験するのははじめてだ。

ほとんど白い部分だけになった楮の皮を水につけ、細かい塵を取っていく。茶色い部分が残っていると白い紙にならないから、くまなく取り除かなければならない。気が遠くなるほど細かい作業だ。

そのあとは叩解。水気を含んだままの白い繊維を石の上に置き、木槌《きづち》で叩《たた》いていく。こちらも根気のいる作業だが、こうしたひとつひとつの工程が紙の質を決めてゆく。

そしてようやく漉き舟へ。紙を漉くための水槽を漉き舟という。その漉き舟に、水、繊維、ネベシを入れる。

「ネベシ？」

聞いたことがない名前だった。

「ああ、ほかの地域ではネリって言われているものですよ。トロロアオイのこと。美濃ではネベシって呼ぶんです」

先生が笑った。ネリのこと……。たしか記念館の説明にもそう書いてあったし、前に見学に行った工房の房野《ふさの》さんもそう言っていた。

「じゃあ、これを攪拌《かくはん》しますね」

水槽に材料を入れ、細い木の棒が何本かならんでついた道具を上から差し入れる。それを前後に揺することで中を攪拌する。水と材料がいっしょに揺れている状態では混ざらないので、波を切るように棒を動かす。

莉子と交代で攪拌を続けたが、なかなか均一にならない。途中先生に手伝ってもらい、ようやく全体が白く濁った状態になった。

これでようやく準備が終わり。次はいよいよ紙漉きだ。

細かい簀《す》を桁《けた》と言われる枠にはめこむ。簀桁を垂直にして舟に入れ、水のなかで水平にして縦横に揺らす。少し揺すったらすぐ水を捨てる。この一回で、簀の上には薄い繊維の層ができる。

もう一度簀桁を垂直に水に入れ、水平にして縦横に揺らす。数回揺すったら、水を捨てる。最後に「払い水」。舟に簀桁を浅く入れ、水を浅く汲《く》む。さっと水を行き渡らせてから、ぱっと一回で水を捨てる。そうして舟と反対側の作業台にのっている網の上に紙を移すのだ。

先生の動作を見ていると簡単そうに見えるが、一度経験したことがあるから、この作業がすごくむずかしいことは莉子もわたしもよく知っている。

「百花、お願い、先にやってー。わたしは写真撮るから」

「ええ～」

仕方なくうなずき、簀桁を手に取った。わたしだって自信ないけど、ここで譲り合っていても仕方ない。莉子がカメラをかまえる。深呼吸してから簀桁を舟に入れる。はじまっちゃったよ。もう止まることはできない。水平にして縦横に揺する。

「あ、それくらいですよ、あまりやってると紙が厚くなっちゃうから」

先生に言われ、簀の上の水を捨てる。この動作がむずかしい。手首をやわらかくして放るように水を出せばいいのだが、勢いをつけすぎて紙がぐしゃっと折れてしまうのが怖くて、なかなかぱしゃっとならない。

べしょ、という感じでなんとか水をこぼす。

「はい、もう一回」

先生に言われ、あせって簀桁を水に入れる。

「ああ、まっすぐまっすぐ」

そう言われてあわてて簀桁を立てる。斜めになっていると水の抵抗で薄い紙が浮かんだりずれたりしてしまう。

「水平、水平」

言われるままに水平にして簀桁を揺らす。

「それくらいでいいよー。水捨てて」

先生の声にまたあわてて水を捨てる。もう一度水に入れ、揺らす。

「よし、じゃあ、そこまで。最後、払い水」

うわああ、と思いながら浅く水を入れ、捨てる。手首のスナップはまたしてもきかず、水は全然はねない。べしょ、とこぼれる感じ。

「桁を開けて、簀の下を持って」

え、ええ、と思う。さっき先生がやっていたのを思い出す。人差し指と親指で簀の端っこを持ちあげ、反対側に持っていって……。

どうしよう、めちゃ緊張する。無理。なんとか簀を持ちあげ、反対側の台へ。

「そこで持ち替えて、簀の下を網の下につけて、下からそうっとおろしていく」

「持ち替える？」

「指の向きを、こう、逆に」

先生が身振り手振りでやり方を示す。見よう見まねで持ち替え、網のいちばん下に簀の下の縁を合わせ、そうっと置く。

「ひっくり返して」

　ひっくり返す？　え？　こんな簀に張りついたふやふやのやわらかいものを？　そんなことしたらぐちゃってなっちゃう……。

「大丈夫、大丈夫、簀にくっついてるから、えい、って。素早くやった方がいい。ためらうと逆にぐちゃっとなるから」

　嘘でしょ？　ためらわずって言われても……。

　えいや、っとひっくり返す。

「そうそう、それで、簀をそうっと下からおろして網につけていって」

下におろして網につける？　皺《しわ》にならないように？

あー、緊張で脳の血管が切れそう。

「大丈夫だよ、百花、失敗したって死ぬわけじゃないから」

　莉子が変な励ましを送ってくる。

「そうそう、これはまだ練習だから」

　先生も笑って言った。なんとかするすると簀をおろしていく。

「で、最後は、簀の下のところを、ぴょんって弾《はじ》いて」

「は、弾く？」

　なにを言われているのかわからない。

「こうです、こう」

見かねて先生が横から簀の下を弾いた。するとそれまで簀の方にくっついていた白いひたひたの膜の端が、下に置かれた網の方にくっついた。

「そしたら、簀をゆっくり持ちあげて」

持ちあげると、するすると紙が剝がれ、網に移っていった。なんとか最後までいったが、これだってちょっと加減をまちがえたら紙に皺がはいってしまうだろう。

「できましたね。まあまあ、いいでしょう」

先生に言われて、ほおっと息をついた。

「めちゃ緊張した……」

「だよねえ」

莉子が笑った。

「じゃあ、次はわたしか」

莉子が舟の前に立ち、簀桁の持ち手を握った。

それからくりかえしくりかえし交代で紙漉《かみす》きの練習をした。練習で漉いた紙は、先生が丸めてバケツに入れる。もう一度材料として使うらしい。

正午を過ぎるまで一時間以上練習を重ねたが、水をぱしゃっと捨てるのも、簀の下を弾いて簀から紙を外すのも、全然うまくできるようにならない。せいぜい動作が少し速くなったくらいだ。

「じゃあ、ここでいったん休憩しましょう。お昼をとって、一時になったらまたここに来てください。午後は本番の紙を漉きます」

もう本番？　できる気がまったくしない。絶望的な気持ちでエプロンを脱ぐ。

莉子とふたり一階のレストランにはいった。

「疲れたあ」

席に座るなり、莉子がぼやいた。

「ま、とにかくお昼食べよ」

そう言って、机の上にあったメニューをめくる。ふたりとも日替わりランチを選び、注文した。

「むずかしかったよねえ。午後は本番って言ってたけど、全然できる気がしない」

「わかるわあ」

莉子がはあっとため息をつく。

「最初、今日漉く紙は四枚、って聞いて、丸一日やってそれだけかって思ったけど、四枚も漉けるのか、いまは逆に不安」

「ほんとだよね」

わたしもうなずいた。

ランチが運ばれて来て、ふたりとも呆然《ぼうぜん》とごはんを食べはじめた。

「で、百花はどれにするの？」

しばらくして、莉子が訊《き》いてきた。

「どれ、って？」

「本番の紙だよ」

そうだった。まずそれを選ばなければならないんだった。

先生の話では、四枚のうち一枚はふつうの和紙。あと三枚は、落水紙《らくすいし》、柄のある落水紙、葉っぱや色紙をはさんだ紙の三種類から選ぶことができる。

「落水紙も素敵だけど、柄のある落水紙？　あれってどうやって作るのかな？」

サンプルを思い出しながら言った。柄のある落水紙というのは、落水紙のなかに花や古典文様の部分があったり、升目があったりするものだ。

「あれでしょ？　わたしも気になってた」

莉子も首をひねる。

「やり方知りたいし、三枚のうち一枚はあれだよねえ。で、落水紙もやってみたいし、葉っぱはさむのもやりたい」

「結局三種類を一枚ずつかな」

「そうだねえ」

「あれを作れると思うと、ちょっと元気出てくるよね。午後、がんばろう」

おまけについてきた小さなデザートを食べながら莉子が言った。

一時になり、作業場に戻る。最初に一枚だけ練習。

手首のスナップをきかせるのも、簀《す》の端を弾くのも莉子の方がうまい気がする。莉子には、百花は緊張しすぎなんだよ、と言われた。そんなに不器用じゃないと思うけれど、これはどちらかというと運動神経なのかな、と思う。

「では、本番、いきましょう。ふたりとも、落水紙と、柄入りと、葉っぱ入りの三種類ですね」

先生に言われ、うなずいた。

「じゃあ、まず、落水紙からいきましょうか。最初はさっきと同じようにふつうに紙を漉きますね」

莉子と交代で紙を漉く。あいかわらずスナップはきかないし、弾いて紙を網に移すのにも時間がかかったが、午前中よりはうまくできた気がした。

「そしたら、できた紙を網ごとこっちに持ってきましょう」

先生に言われ、工房の奥に移動する。床の上に木の棒が二本、隙間をあけて置かれている。その上に網をのせた。うしろに置かれた低い踏み台の上に立つと、先生からシャワーヘッドを渡された。

「そしたら、紙の上にシャワーで水をあてます。ゆっくり動かして、隅から隅までまんべんなくかけましょう」

シャワーヘッドから水が出る。紙の上に移動し、水をあてた。

白くほやほやした膜は見る見る半透明に戻り、無数に水滴の跡がついた。こんなにあてたら破れるのではないか、と思ったが、わりと大丈夫らしい。動かしながら満遍なく水をあてる。紙漉きにくらべればずいぶんと気が楽だ。

「はい、それくらいで大丈夫です」

先生が水を止める。台からおりて、網を見た。紙のうえには不規則で細かい模様が浮かんでいる。交代して莉子も落水紙を作った。

それから柄入りの落水紙。あの升目のようなものをどうやって作るのか、と思っていたが、シャワーをあてるとき、紙の少し上にバーベキューで使うような升目の金網を置き、その上から水をあてるらしい。

花や古典柄は、その形に切り抜いた薄いポリプロピレンシートを紙のうえに置き、そこにシャワーがあたらないようにすることで、紙をそのまま残す。ほかの部分は水があたって落水紙のように薄くなり、模様の部分だけが白く残るのだ。

葉っぱや色紙をはさむときは、一枚の紙を漉き、その上にはさむものを置いてから、もう一枚別の紙を漉いて重ねる。

柄入りの紙を作っていたとき、これを応用すればあの羽のカードみたいなものができるのかもしれない、と思った。漉いた紙のうえに羽の型紙を置き、ほかの部分が限りなく薄くなるまで上から水をあてる。そうしたら羽の部分だけが残るのではないか。

はさむものも、家から持ってくればいろんな材料をはさみこめるだろう。布の切れ端とか、糸とか。古い切符や使用済みの切手なんかをはさんでも面白いかもしれない。どんどん夢が広がっていく。

　そして最後はふつうの白い紙。

できあがった紙は、熱い鉄板の上に貼りつけ、乾燥させる。水気を含んだ半透明の紙は、数分置くと白いしっかりした紙になった。

　乾燥した紙を見ると、いろいろとアラが目についた。とくにふつうの白い紙。落水紙は全体が薄くなっているから目立たないが、ふつうの紙は厚さが不均一だとすぐにわかった。簀桁《すけた》を揺するとき、手前側にかたむいてしまっていたのだろう。紙の上の方と下の方で厚さがちがうのがはっきりとわかる。

　あんなにがんばったのに……。ちょっと悲しくなる。

「結局、ふつうの白い紙がいちばんむずかしいんですよ。ほんとうに熟練しないと、薄くて均一な紙は漉けない。美濃和紙では、一人前になるのに十年、本美濃紙を漉くにはそこからさらに二十年と言われています」

　江戸時代以来、その上品な白さ、薄さ、丈夫さから、美濃和紙は最高級の障子紙と評価されてきた。障子紙は光を透かすもの。透けた光をうつくしく見せるため、美濃の職人たちは「混じりけのない白」を目指した。

　いま本美濃紙と呼べるのは、重要無形文化財指定の材料、道具を使い、数人の認められた職人が漉いた和紙のみ。原料は茨城県大子町《だいごまち》産の那須楮《なすこうぞ》。数日間地下水や冷たい川にさらして漂白し、何日もかけてていねいに塵取《ちりと》りを行う。人の目、人の手を使って、茶色い部分を徹底して取り除く。この作業によって、混じりけのない白、光に透かしたときの優美なうつくしさが生まれる。

「ある時期までは和紙はほんとによく売れたんですね。漉いた紙は濡《ぬ》れたままどんどん重ねていく。上から圧力をかけてしぼって、そのあと、日に干すんですよ。古い写真を見たことがあるんですが、職人がたくさんいて、漉かれた紙が信じられないくらいの高さに積まれて、その束が無数にならんでました」

「無数に……」

職人さんたちはあの作業をくりかえし、一日何百枚も漉いたんだろう。わたしたちが使ったものよりずっと大きな簀桁で。くる日もくる日もずっと。

「そう。全部人が漉いたものだって、ちょっと信じられなかった。けど、職人はそんなに豊かじゃなかったんですよ」

「そうなんですか？」

驚いて訊き返す。美濃の町なかの史料館には、紙が大きな財を成したと書かれていた。なのに、豊かじゃなかった、とはどういうことなんだろう。

「紙商はお金持ちだったけど、職人にはそんなにお金がまわってこなかったんですよ。紙の材料になる楮も、全部紙商が持っていて……」

わたしたちが泊まっている宿の、いま和紙のお店になっている場所は楮蔵だという話だった。楮はあそこに蓄えられていたんだ。

「職人によっては、楮を分けてもらえない人もいたそうです。楮がなければ、紙を漉《す》くことはできないでしょう？　できあがった紙も、質が悪ければ買ってもらえない。だから熟練が必要だったんですね」

四枚漉いたなかで、結局いちばんむずかしかったのはシンプルな和紙だった。それを毎日大量に漉いていたんだ。塵がまったくはいっていない、一面均一な、白い、まっさらな紙を大量に、全部同じ厚さで。

最初に見た映像で、できあがった紙は、厚さ、色合い、地合によって選定されると言っていた。障子紙は陽に透かされる。だからムラは許されない。

この工房の隅にある大きな舟と大きな簀桁。あれが本美濃紙を作る舟と簀桁なんだろう。両方の持ち手のあいだには、大きく手を広げてようやく持てるくらいの幅がある。

あれを持って揺らしていた。そうして、いま機械が行っているのと同じ正確さで人が漉いていた。

本美濃紙のなめらかな面を思い出し、胸がぎゅっとなる。

「ユネスコ無形文化遺産に登録されて、本美濃紙が注目されるようになったけど、本美濃紙を漉ける人は、もう数名しかいない。みんな高齢者だから、後継者を育てないといけないんです」

あの大きさの紙を、隅から隅まで同じ厚さで、繊維の密度や絡み具合もそろえて。そんなことができるようになるまで、いったいどれだけの紙を漉けば良いのか。

「本美濃紙を漉ける職人のなかには、七十年も紙漉きをしてきたのに『いくつになっても一年生』って言う人もいます。みんな伝統に誇りを持っているんですよ」

落水紙や模様入りの和紙を作るのは楽しかった。けれども、やっぱりほんとうにすごいのはふつうの和紙。自分の表現なんかじゃない。均一な紙を作るための鍛錬。そうやって作られたものだからこそ、あの紙は清らかで、おごそかなのではないか。

自分の作った紙をもう一度見つめながら、そんなところまでとても届かない、と思った。でも、ずっと向こうにある素晴らしいものに少しだけ触れられた気がした。

7

体験を終え、会館のなかを見てまわった。ミュージアムショップには素敵な和紙製品がたくさん置かれていて心惹《こころひ》かれたけれど、それは全部あきらめて、分厚い和紙の事典を買った。和紙のことをもっと学びたかった。

会館を出て、帰りの乗り合わせタクシーが来るまでのあいだ、莉子と川を見に行った。河原を見おろし、莉子は写真を撮っている。

この川に楮の皮をさらしていたのか。以前藤崎さんと房野さんから、楮が取れるのは秋、紙漉きをおこなうのは冬だと聞いた。皮を水にさらすのも冬だったんだろう。冷たい水のなかにはいって、手を水に入れて木の皮をならべ、ひっくり返していたんだろう。

　山が連なり、ふもとには黒い瓦《かわら》の家がならんでいる。あれが紙漉き職人たちの家なのか。あの家々で塵を取り、簀桁を揺すっていたのか。みんな、白い白い紙を目指して。

　この空気、忘れたくない。大きく深呼吸しながらそう思った。

「そろそろ時間だよ、戻ろう」

　莉子の声がした。道を渡り、会館の前に戻る。まだワゴンの姿はない。駐車場の端に自販機があるのを見つけ、ジュースを買おうと近づいた。

「なんにしよ」

　莉子とふたり、さんざん考えて、コインを入れた。

「おーい、もう来てるよー。おいてっちゃうよー」

　遠くから声がして、見ると朝と同じ運転手さんが、会館の前にワゴンを停め、こっちに手を振っている。

「すいませーん！　いますぐ行きまーす！」

　莉子が叫び、ふたりで走った。

「もしかして、おごってくれるとか？」

　おじさんが笑う。

「え、ええ？」

　莉子が戸惑って訊《き》き返す。

「冗談、冗談。じゃあ、早く乗って」

おじさんに言われ、ワゴンに乗りこんだ。

宿に戻ると、ショップの方で藤崎さんが待っていた。宿の主人の工場との商談はうまくいったらしい。

預けておいた荷物を受け取り、美濃市駅に向かう。紙漉き体験の様子を報告すると、藤崎さんは、そうか、よかったな、としずかに言った。

途中、少し時間があったので、行きに寄れなかった旧名鉄美濃町線美濃駅にも寄った。もう使われなくなった駅に、路面電車のような古い車両がならんでいる。説明板によれば、ここに鉄道を敷いたメンバーにも紙商の名前がはいっていた。それだけ経済力があったということなんだろう、と思った。

駅に着く。電車の時間までまだ少し間があった。ホームの待合室に座って、会館の先生から聞いた紙商と紙職人の話をした。

「そんな話を聞いたのか」

藤崎さんはそう言って、窓の外をながめる。

「吉野さんは知ってると思うけど、うちの祖父は紙屋、祖母は紙職人の家の生まれだ。だから僕には、商人と職人、両方の血がはいっている」

薫子さんと食事をしたときに聞いた話を思い出し、ああ、そうだったな、と思った。

あのときは紙屋と紙職人のちがいも良くわかっていなかったのだけれど。

「祖母の和紙への思いがだれよりも強いのも、きっと生まれのせいなんだと思う。職人さんを敬っていたしね。余裕ができてからは各地を訪ね、紙を買っていた」

「今回、紙漉きをして思ったんです。結局、真っ白いふつうの和紙がいちばんむずかしいんだ、って。職人というのは、それがきっちりできる人のことなんだな、って」

わたしは言った。

「そうだね。あれで均一の厚さにするなんて……神業だと思った」

莉子がうなずく。

「職人さんたちは全然自分の好きなようになんてしてなかった。毎日毎日、同じものを作り続けていた。だから紙は尊いんだ、って感じたんです。だから……」

少し言葉に迷った。

「わたし、紙でいろいろあたらしいことを、なんて考えていましたけど、素人が感覚だけで好きなものを作るっていうのは、そういう仕事に対する冒瀆《ぼうとく》なんじゃないか、って」

なぜか涙が出そうになってうつむいた。膝の上でぎゅっと拳《こぶし》をにぎる。

「百花……」

「そういう面もあるかもしれないけどね」

藤崎さんが言った。

「でも、それだけじゃないんじゃないか」

「それだけじゃない？」

「むかしの職人のなかにも、もっと別のものを作ってみたい、という夢があったかもしれないだろう？」

藤崎さんの言葉にはっとした。

「いまは和紙でも機械漉きができるようになったし、むかしの職人のような辛《つら》い仕事はなくなった。和紙の需要は減ったけれど、いまは若い作り手が自由に紙を漉き、自分の表現にしている。それは、紙漉きの伝統があるからこそできることなんだ。あたらしいものを作ることは紙漉きに宿る夢を掘り起こし、実現する作業なのかもしれない」

紙漉きに宿る夢……。その言葉がじんわりと耳の奥に広がる。

「だから祖母はいま自由に紙作りをしている若者を応援しているんだよ。記念館をそのために使いたいと思っている」

「きっと百花もそのために雇われたんですね」

莉子が言った。

「そうなんでしょうか。でも……」

「少しでもあたらしい可能性にかけたいんだ、って。自分ももう歳だし、いつあの世から呼ばれるかわからないし、最後ぐらい精一杯遊びたい、って」

めずらしく、藤崎さんが微笑んだ。

「遊ぶ……」

　その言葉に胸がふるえた。和紙の中に秘められた可能性を探る。きっと薫子さんがいう遊びとはそういうものだ。自分につながる歴史を次につなげるための真剣な遊び。

　わたしはその手助けをしたい。

——わたしが望んでいるのは、和紙をいまの世の中にふさわしい形で生かすこと。そのために若い百花さんにしかできないことがある。

——これから先を生きる人にしかわからないことがある。そう思うの。

　薫子さんの言葉が耳の奥で響いた。

「あ、電車来た」

　莉子が立ちあがり、ホームに出る。はいってくる電車に向かってスマホをかまえる。

夕暮れの光に照らされて、赤い電車がやわらかい色になっている。

　電車に乗りこみ、座席に座った。家々と田んぼと山。夕焼け色の景色を見ながら、紙《かみ》漉《す》きをしていたときの手の感触を思い出していた。

第二話　garden diary

1

九月になった。

大学はまだ夏休み中なので、毎日のように記念館に来ている。下に看板を出すようになったこともあって、来館者も増えた。土日は休めないから、休館日の月曜を休みにして、あとは毎日出ている。

美濃市から帰って来てから、藤崎さんと相談して記念館のなかで物販を行うことにした。入口近くのパネルを整理して販売スペースを作り、これまで作った組子障子のカードや、紙の絵本も増刷して置いた。

夏休みのあいだ、わたしは開館時間中は販売ブースにいることになった。不思議なもので、そこにだれかいるというだけで、人は安心して館にはいってくる。販売スペースをながめ、買っていってくれる人もいた。

わたしの夏休みが終わったら、販売ブースは土日だけの営業になる。平日は大学に行き、水曜の午後と土日だけここに来る、もとの生活に戻る。サークルもあるし、大学は大学で楽しいのだけれど、ここでの仕事もだんだん楽しくなってきていたから、少しさびしい気もした。

開館時間前、館の中央に展示された紙漉きの道具を掃除していると、美濃和紙の里会館での体験のことを思い出した。帰ってきて一ヶ月経つが、いまでもときどきふっとあのときの紙漉きの感触がよみがえってくる。

もう一度あの舟に向かい、簀桁《すけた》を振ってみたい。日本橋でも、小津《おづ》和紙に行けば紙漉き体験ができると聞いていたが、そういうことではなくて、美濃市のあの空気のなかで、何日か紙漉きだけに集中してみたい。

美濃和紙の里会館の人は、一日体験より長い、五日体験、一ヶ月体験もある、と言っていた。一ヶ月あると言っても、塵取《ちりと》りなどの作業の時間が長くて、紙を漉ける時間はかぎられているみたいだったが、本物の紙作りを志すならそういうものだろう。

——人生の節目にやってくる方も多いんですよ。

そういえば、体験が終わったあと、先生がそう言ってたっけ。

——もちろん、和紙の道にはいりたい、っていう若い方もいらっしゃるんですけど。そういう人だけじゃなくて、定年退職して時間ができた、とか、会社辞めて次の仕事までに少し時間ができた、とか。自分の人生を見つめ直したい、と思うようなときにいらっしゃる方も多いみたいですね。

美濃和紙の里会館には宿舎もあるらしく、そこに泊まって毎日朝から夕方まで紙作りに明け暮れる。塵取りなら作業しながら考えごともできるだろう。木の皮に含まれる小さな茶色い部分を取り除く仕事。無言で、自分に向き合うことができるかもしれない。

この前の体験では、紙を漉くときは正直それどころじゃなかった。素早く、しかも考えながら動かなくちゃならないから、ずっと手先のことに集中している。でも、それがいいのかもしれない。ただ無心に手を動かした方がいいときもあるんだろう。

そういえば父が死んだときがそうだった。なにもしないでいるとすぐに父のことを考えてしまうから、夜は仕事をしている母の横で、いつも絵を描いたり、なにか作ったりしていた。手作業に集中していれば考えごとからのがれられた。母もそうだったのかもしれない。まだ父と暮らした家に住んでいたころの母は、夜、家でもずっと仕事をしていた。いつもふたりでいっしょにダイニングテーブルに向かい、ときどき母がお茶をいれて、少しだけ話をした。

父のことを話してくれるときもあった。父と出会ったころのこととか、父の小説のこととか。内容はあまり覚えていないけれど、父の話をするときの母の顔が、自分が知らない人のようで少し悲しくて、でもとても好きだった。手が届かないところにあるとてもきれいなものみたいで、好きだった。

ときどきその時間のことが頭によみがえってくる。話の内容じゃなくて、あのときの空気そのものが。夜で、窓の外の闇が見えて、昼のあかるいときには考えたこともないのに、ふとこれからどうなるんだろう、と不安になる。

ほかの家にはお父さんがいるのに、うちにはお母さんしかいなくて、この先ずっとふたりでやっていけるのかな、どうなってしまうのかな、と思いながら、でもお母さんはこんなに仕事をしているからきっと大丈夫、わたしも邪魔をしないようにしないと、と気持ちがブランコのように大きく揺れた。

　それは父の思い出と同じくらい大切、というか、父の思い出の一部になっていて、あのときふたりで過ごしていた時間は、父もいつもかたわらにいたような気がするのだ。

　少し経って、紫乃叔母《おば》さんのいるマンションに越すことになったとき、わたしはあの家での時間がなくなってしまうような気がして、悲しくて、怖くて、それはもう自分の世界、というより自分というものが全部なくなってしまうように感じられて、ほかにどうしようもなくてただ泣いた。

　母に、それでも越さないといけないんだよ、わたしたちは生きているから、生きていかなければならないんだから、と諭された。

生きているから、生きていかなければならない。同じことのくりかえしのようにも聞こえたが、なぜか両方の頬を冷たい手で覆われたように気持ちがしゃきっとして、気持ちと行動を切り離すことができるようになった。

ただ黙々と荷物をまとめ、紫乃叔母さんのいるマンションに越した。紫乃叔母さんはいつもと変わらず、ざっくばらんに、よく来たね、と言っただけだったけど、その言葉を聞いたら安心して、引っ越しが終わったあとの土日は、母もわたしもとにかく死んだように眠ったのだった。

紫乃叔母さんと同じマンションに越してからは、三人で食事をとることも増え、わたしたちもいつのまにかよく笑うようになった。その分、父と暮らした家のことが遠ざかっていくような気がして、ときどき無性に苦しくなる。

あったものが消えてしまう。生きていればそういうことがある。そのことがやりきれなくて、苦しくて、でもそのたびに、わたしたちは生きているのだから、生きていかなければならないんだ、と言い聞かせていた。

もしわたしという娘がいなかったら。父の死後、母も仕事を辞めて、または休んで、しばらく旅に出たのかもしれない、と思う。知っている人のいない土地で自分を生かすためだけに生きたのかもしれない。

もしかしたら、紙漉きの長期体験にくる人たちも、なにかそういう思いを抱いているのかもしれないな、と想像したりした。

いまわたしが紙漉きに惹《ひ》かれるのは、そういうのとはちょっとちがう。一生あそこに住んで、紙漉きの道を歩もう、ということでもないような気がする。

薫子さん、藤崎さん、そして莉子。いろいろな人と話して、卒業したあとどうやって生きていけばいいのか、大学にいるうちにしっかり見定めなければならないと思うようになった。記念館で働くことで、なにかつかめるかもしれない。そのためにも、いまできることをしっかりやろう、と心に決めた。

あと二週間もすれば大学がはじまる。その前にいろいろできることをしておこう。次の紙こもの市の商品も考えたいし、展示スペースももう少し整えたい。掃除しながらそんなことを考えていた。

そろそろお昼に行こうかな、と思ったとき、エレベーターから人がおりて来た。ふたり連れの男女だ。この階には記念館しかないから、まちがえたのでなければ記念館に来たのだろう。

だが、ふだんのお客さまとは少し雰囲気がちがう。男性は二十代後半か三十代前半くらい。かっちりしたビジネススーツを着ている。女性も同じくらいだろうか。品のよいワンピースとヒールの靴。どちらかというとお仕事モードの服装だ。

それに、男性の方は敬語で、女性に気をつかっているように見える。プライベートで外出しているカップルではなくて、仕事上の付き合いかな。態度からして、女性がクライアントで、男性が仕事を請け負った方？

それにしてもきれいな人だ。近づいてきた女性の方を見てそう思った。つやつやした黒くまっすぐな髪。形の良い額。黒くて大きな瞳《ひとみ》。体形もすらりとして、モデルさんみたいだった。ほのかにいい匂いもする。

「第一営業部の藤崎だけど。バイトさん？」

受付の前に立つと、男性が大きくよく通る声でそう言った。「第一営業部の」と名乗ったということは会社の人？　苗字《みょうじ》が藤崎ということは、藤崎さんと同じく、社長の一族ということだろうか。

「はい。アルバイトの吉野百花です」

「館長、いるかな？」

「はい。おります」

「あ、そう。じゃあ、僕が来たって伝えてくれる？」

「かしこまりました」

立ちあがろうとしたとき、女性の方が、あの、と話しかけて来た。

「こちらにならんでいるカードとノート、この記念館の商品ですよね」

机に積まれた商品を指して言った。

「はい。どれも和紙で作られたもので……」

「とりあえず、館長呼んでくれるかな。商品の説明は館長から聞くから」

男性が横柄な口調で言った。

「はい、すみません」

勢いに押され、思わず謝ってしまった。

「館長の方がくわしく説明してくれますから。なにしろ筋金入りの紙オタクなので」

へらへらと笑いながら、女性に向かって言った。

なんだか、かちんと来た。

たしかに専門的な知識は藤崎さんにはかなわないけど、わたしだって商品開発に携わったんだ。それに、なに？　筋金入りの紙オタク、って。たしかに藤崎さんは筋金入りの紙オタクだけど、なんで他所《よそ》の人に向かってそんなこと……。

しかし、わたしは単なるバイト。対してこの人は本社の社員で、社長の一族かもしれない。したがわないわけにはいかない。

「少々お待ちください。いま伝えてまいります」

お辞儀をして館長室に向かった。

ノックして、扉を開ける。

「どうした？　昼なら行ってもかまわないよ」

藤崎さんはパソコンを見たままそう言った。

「いえ、あの……お客さまが……。館長を呼んでくれ、って」

「お客さま？　なにか質問か？」

藤崎さんが顔を上げた。

「いえ、藤崎産業の方みたいです。第一営業部の藤崎さんという方で……」

「第一営業部？　ああ、浩介《こうすけ》か」

藤崎さんはパソコンに目を戻す。

「じゃあ、留守だって言ってくれ」

あっさりとそう言った。

「え、いない、って……」

「商談で外出中ってことで。ついでに今日は帰らない、って言っておいてくれ」

「いえ、あの、その方のほかにもうひとり連れの方がいらして……。その方はたぶん藤崎産業の人ではないと思うんですが」

「まあ、浩介の客なんだろう。いいよ、別に。僕が困るわけじゃないから」

「あの、でも……すみません、もういるって答えてしまいまして……」

うつむきながら答えた。

「そうなのか。ああ、面倒くさいな。なんでアポイントもなしに来るんだ？　人をなんだと思ってるんだ」

藤崎さんが渋々のように立ちあがる。

「すみません」

あわてて頭をさげてしまったが、なんだか理不尽で腹立たしい。あの浩介って人も横柄だけど、藤崎さんも藤崎さんだ。あの人は面倒な人なのかもしれないけど、そんなの聞いてない。ブラックリストを渡されてるわけじゃないし……。

「いや、君は悪くないよ。ごめん。ただ、あいつはちょっと面倒なやつなんだよ」

藤崎さんがため息をついた。

あ、謝ってくれた。

やっぱり藤崎さんは悪い人じゃない。頭のなかのとげとげがすっとしぼんだ。

「まあ、仕方がない」

藤崎さんはぼやきながら館長室の扉を開けた。

2

外から声が近づいてくる。扉があいて、さっきの女性と浩介さん、藤崎さんがはいって来た。

「こちらにおかけください」

浩介さんが言うと、女性がふわりとソファに腰掛けた。身のこなしもとても優雅で、つい見とれてしまう。

「バイトさん、お茶淹《い》れてくれる？」

浩介さんがわたしに言った。

え、わたし……？　そうだよね、世の中ではこういう場合バイトのわたしが淹れるのがふつうか。はい、と答え、給湯室の方に行こうとした。

「いやいや、お茶は僕が淹れるよ」

藤崎さんが立ちあがる。

「え？　なんで？」

浩介さんは怪訝《けげん》な顔になる。

「実は最近、日本茶にはまってるんだ。お茶は奥が深くてね」

藤崎さんはかまわず給湯室にはいっていく。

「相変わらず変わってるな。すみません、少々変わり者のところがあって……」

浩介さんは愛想笑いしつつ、女性に言った。

変わり者？　たしかに藤崎さんは変わり者だけど、外部の人にそんなこと言うか？

どうも釈然としない。

「吉野さん、ここは大丈夫ですから、仕事に戻ってください」

藤崎さんが言った。たしかに。話の内容も気になるけれど、記念館の受付もしなければならない。そのままお辞儀をして館長室を出た。販売ブースにいても、浩介さんの大きな声だけが聞こえてくる。

なにを話しているかくわしいところまでは聞き取れないが、どうやらあの女性はアクセサリーショップの社長らしい。藤崎産業が彼女の店のパッケージ用の箱や包装紙の製作を請け負っていて、浩介さんがその担当ということみたいだ。

あの人、社長さんなんだ……。あんなに若いのに。

そういえば翠《みどり》さんだって若かった。翠さんは人形町《にんぎょうちょう》にある老舗《しにせ》のお茶屋さんの孫娘で、店を引き継ぎ、日本茶カフェに改装した。店の名前は「八十八夜《はちじゅうはちや》」。記念館でそのオープニングセレモニーの記念品のパッケージと店の内装を請け負ったのだ。

あの人も創業者の親族なんだろうか。それで店を継いで……とか？

そんなことを考えていたとき、ドアが開く音がした。

女性と浩介さん、藤崎さんが出てくる。

「どうぞどうぞ、まあ、記念館と言っても、たいしたものはないんですが」

浩介さんが笑いながら女性に言った。

たいしたものはない？　なに言ってんの。たいしたものばかりだよ！　それに、館内にお客さまがいたらどうするの。社員がそんなこと言ってるの聞いたら、みんな興味を失っちゃうじゃないの。謙遜《けんそん》のつもりかもしれないけど、非常識だ。

むかしから、母も紫乃叔母《おば》さんも友だちも、百花はあまり怒らないよね、と言う。だが今回は内心なぜかめらめらと怒りがわいた。

「いえ、さっきからずっと館内のものが気になっていて……」

女性の声がした。見ると中央にある紙漉《かみす》きの道具をじっとながめている。その横顔がまたうつくしく、思わずぼうっと見とれてしまった。

「これが紙を漉く道具なんですか？」

女性が藤崎さんに訊《き》く。

「はい、そうです。こちらは簀桁《すけた》といいます。言葉で説明してもわかりにくいでしょうから、映像を見てください」

藤崎さんが展示の横のタブレットのスイッチを入れた。

映像、作っておいてよかった。

紙こもの市が終わったあと、藤崎さんと相談しながらかなりわかりやすく整えたつもりだった。女性はじいっと映像に見入っている。

「こんなの作ったのか」

浩介さんはタブレットを横からちらっと見るとすぐに目を離し、その場を離れて壁際でスマホを取り出した。

「あ、こちらは受付の方ですね」

女性がタブレットを指して言う。美濃市の紙漉き体験で莉子が撮った写真や動画も編集し、映像のなかに組みこんだから、わたしの姿も映っているのだ。

「そうです。入口にあった商品も彼女が開発したものなんですよ」

藤崎さんの声がした。

「そうなんですか。あれを彼女が……？」

映像が終わったらしい。彼女が顔をあげた。

「吉野さん、ちょっと……」

藤崎さんに呼ばれ、ふたりのところに行った。

「彼女は吉野百花と言って、うちのアルバイトです」

「よろしくお願いします」

そう言って深々と頭をさげた。

「まだ大学生なんですが、この記念館の商品作りや展示にかかわってくれてます」

「そうなんですか、お若いのに。さっき入口にあったカードもとても素敵でした」

女性がにっこり微笑む。近くで見ると、ますますうつくしい。世の中にはこういう人もいるんだ、と一瞬ぽかんとした。

ちょっとこの世のものとは思えない、神々しいようなうつくしさだ。信じられないほど細く、顔は小さく整っていて、肌理《きめ》が細かく毛穴が全然見えない。肌自体が発光しているみたいだ。失礼かもしれないけど、きれいすぎて同じ人間と思えなかった。

「わたしは淵山雫《ふちやましずく》と言います。アクセサリーのデザインをしていて、『shizuku』というブランドの代表をしてます」

shizuku……？　聞いたことがある。たしかサークルの先輩が話していたのだ。いま話題のアクセサリーブランド。繊細で儚《はかな》くて、ごてごてぎらぎらしていないからわたしたちでもつけられそう、それにそこまで高くない、って。

彫金の技術を使った手作りだが、石を使っているものは少ない。使っていたとしても小さなもの。気軽に買えるような額ではないが、ちょっと背伸びすれば買えそう。そういう額なのだと言っていた。

デザイナーはモデル出身の若い女性、というのも聞いていた。十代からモデルの仕事をしていて、そちらでも有名だったみたいだ。だが二十代半ばで引退して渡米。ニューヨークでジュエリーデザインを学んだのち帰国。shizukuというブランドを立ちあげた。最初のうちは営業までひとりでこなし、雑貨店や洋服の店で販売していたが、雑誌などに掲載されて売り上げが伸び、スタッフも雇うようになって、去年ついに旗艦店ができた。そういうサクセスストーリーも先輩たちのあいだでは話題になっていた。

この人がそのshizukuの社長。

「わたし、shizuku、知ってます。先輩たちが話していて……」

「ほんと？　うれしい」

淵山さんがにっこり笑った。花が咲いたみたいだ、とめまいがした。

どうやらshizukuの包装関係用品はすべて藤崎産業が請け負っているらしい。淵山さんの大学時代の友人の女性が藤崎産業に勤めていて、その縁で取引がはじまったようだが、いまは彼女が産休のため、上司である浩介さんが担当になったということだった。

「それで、なぜ記念館にいらしたんですか？」

「shizukuではずっと、伝統技法で作られたアクセサリーを作ってるんです。最初はニューヨークで習った彫金の技術を使っていたんですが、帰国してから日本の彫金も勉強して……」

「日本の彫金？」

「和彫っていうんです。彫金自体は大陸から伝わったものですが、日本にはいってから独自の進化を遂げたんです。武士の刀剣や甲冑《かっちゅう》の装飾や仏具にも使われてましたし、江戸時代には煙管《キセル》や根付にも使われるようになりました」

「煙管？」

「煙草を吸う道具です。素晴らしい細工のものがたくさんあるんですよ」

淵山さんの目がきらきら光る。

「それで、shizukuのテイストと合っているものをずっと考えていて、ようやくあたらしいラインの作品ができました。これまでとは少し雰囲気がちがうので、shizukuのなかの別シリーズにしようと思ってるんです。パッケージにも和の雰囲気を盛りこみたくて……」

「それで和紙を？」

「ええ。でも、和紙の世界も奥が深くて、よくわからない。そもそも和紙のことを全然知らないなあ、って思って調べてたら、藤崎産業がもともと和紙のお店だって知って。記念館もあるってわかって、藤崎さんに連れてきていただいたんです」

いま淵山さんが言った藤崎さんというのは浩介さんの方だろう。

「こちらのＳＮＳも拝見して、オリジナルの商品もあるらしい、って」

淵山さんが微笑む。ああ、ＳＮＳも続けててよかった……。

「入口の受付のところにあったものですよね。想像通りかわいくて……」

「あ、ありがとうございます」

褒められた……。うれしくて頭がぼうっとする。

「この記念館も素晴らしいですね。収蔵品も多くて、勉強になります」

「ありがとうございます。たしかに和紙と言ってもいろいろありますよね。こちらにたくさんサンプルがありますので……」

そう言って、淵山さんを和紙の引き出し棚の方に案内した。棚のうえには、和紙を名刺サイズに切ったサンプルが透明なケースに立ててならべてある。

「これがサンプルですか？　きれい」

淵山さんがサンプルに手を伸ばした。

ああ、サンプルケースも作っておいてよかった……。

「この小さなサンプルはいまでも取り寄せられる紙だけですが、ほかにもいろいろあるんですよ。もうなくなってしまった製造元の紙も……」

引き出しを一段引っ張る。

「なくなってしまった……？」

「そうですね、和紙産業自体がだんだん衰退していますから、廃業してしまったところも多いそうです」

「そうなんですか。残念なことですね」

淵山さんが引き出しのなかの紙をじっと見つめた。

藤崎さんはめずらしくあまり話さない。もしかして、淵山さんがあまりにもうつくしいから気後れしているのか？　それでわたしにまかせている？

ちょっと緊張する。淵山さんは上から順に引き出しを開けていく。あまりにも集中している表情で、声をかけられない。その横顔に思わず見とれてしまった。

もうひとりの藤崎さん、つまり浩介さんの方は、相変わらず部屋の隅に立ってスマホをながめている。退屈そうだ。商談で和紙を使うかもっていう話なのに、あれでいいのかな？

「あの、吉野さん」

突然淵山さんの声がして、びくっとした。

「はいっ」

思わず声が裏返ってしまい、はずかしくなった。

「さっきのビデオに映ってましたけど、吉野さんも紙漉《かみす》きをされるんですね」

「いえ、あれは紙漉き体験で……。わたしは単なる素人です」

「そうなんですか」

「あのときもなかなかうまくできなくて……」

「紙漉きは会社の研修で？」

「いえ、自分たちで……。あ、大学の友人といっしょだったんですが……。以前、ここの仕事で紙漉きの工房の見学に行ったことがあったんです。そのとき一枚だけ漉かせてもらったんですが、全然うまくできなくて」

「やっぱり、むずかしいんですか」

「はい。職人さんたちは簡単そうに作業してるんですけど、自分でやろうとするとかなりむずかしいです。それで、どうしてもリベンジしたくて……。実は、紙こもの市という、紙ものばかりの即売イベントがありまして」

「即売イベント！　わたしもむかし、ハンドメイドのイベントに何度も出ました」

ちょっと驚いた。モデル出身だからコネもあるし、広告代理店の後押しとかもあって、最初から有名店と取引してたのかと思っていた。

「ハンドメイドのイベント……。そういうのがあるんですね」

「ええ。アクセサリーとか雑貨とかいろいろなジャンルのクリエイターが集まるんです。店では見たことがないような個性的な商品も見られるんですよね。勉強になるし、自分も一からはじめたかったので」

淵山さんがはずかしそうに笑った。なんだかちょっと素の顔が見えた気がして、少し親近感がわいた。

「紙こもの市は全国で開催されているんですが、七月末に名古屋で開かれたんです。それで、近いから美濃市まで足を伸ばして……」

「美濃市？」

「ええ。有名な和紙の産地です。館長がそこの和紙工場の人と商談があったので足を運んだんですが、わたしたちはどうしてもそこで紙漉き体験をしたくて。美濃和紙の里会館というところまで行って、一日体験をしてきたんです」

「自主的に？」

淵山さんがわたしを見た。

「はい。紙漉き体験を行ってるところはあちこちにあるんですが、長時間のものはなかなかなくて。美濃和紙の里会館の体験は、和紙作りの流れを最初から見学できて、塵取《ちりと》りとか叩解《こうかい》、とか、水槽で紙を漉く前の段階からひととおり体験できるんです」

「それはいいですね」

「午前中は見学と練習で。午後は少し練習してから本番を漉いたんですが、練習も全然足りない感じで」

「そうですか。少しわかります。彫金をはじめたころはほんとになにもできなくて、これ、ほんとにできるようになるのかな、って悩みましたから」

淵山さんの表情を見て、この人は物作りがほんとに好きなんだな、と思った。

「淵山さん、そろそろいいですか？」

うしろから声がした。浩介さんだ。

「え、ええ」

淵山さんが戸惑ったような顔になる。

「和紙もいろいろですからね、ただながめていてもなにも決まらないでしょう？」

浩介さんが藤崎さんをじろっと見る。

「そうですね」

藤崎さんの方はなんでもない顔でさらっと流した。

「淵山さんもお忙しい方ですし、無駄話で時間を取ってしまっては申し訳ないですから」

浩介さんがわたしの方を見る。バイトが軽々しく口をきくな、ということなんだろう。すみません、と謝るのもまちがっている気がして、ただじっと黙っていた。

「それに和紙を見にきたのは参考程度で、まだ実際に和紙を使うと決めたわけじゃないんですよ。そうですよね、淵山さん」

浩介さんが淵山さんに微笑みかけた。

「え、ええ」

「予算もありますし、まずはこちらでいくつか案を出して、それぞれ見積もりを出して、それを見て決めてもらうのが効率的だと思います。今日はお食事の時間もありますし」

浩介さんがちらっと時計を見る。

「あ、そうでしたね」

「今日は我が社の部長もご挨拶《あいさつ》したい、とのことでした。レストランの予約の時間もありますし、そろそろ移動しましょう」

「わかりました」

淵山さんはうなずき、名残惜しそうに和紙の引き出し棚を見た。

館長室に置いていた荷物を持って、淵山さんと浩介さんは記念館を出て行った。出るときに淵山さんがこちらに向かって、今日はありがとうございました、と小さく頭をさげた。わたしも深くお辞儀をした。

顔をあげたときにはエレベーターが来ていた。浩介さんが階数ボタンと同時に閉めるボタンを押したのだろう、扉はすぐに閉まって、エレベーターは降りていった。

「疲れたね、ご苦労さん」

藤崎さんはあっさりそう言うと、くるっと記念館のなかにはいっていく。

「藤崎さん、あの方は……。いえ、淵山さんではなく、藤崎産業の……」

「ああ、浩介のこと？」

藤崎さんがぼそっと言った。

「僕のいとこなんだ。面倒くさいやつだよね。変にプライドが高くて……」

いとこ……。やっぱり身内なのか。かなり頭に来ていたが、身内となると悪くは言えない。喉《のど》まで出かかった文句をのみこんだ。

「吉野さんも嫌な気持ちになったよね。ほんと、なんなんだろうな、あいつは。若い女性に対してはいつもああなんだ。正社員だろうがなんだろうがお茶汲《ちゃく》み扱い。まったく、いつの時代の人間だよ」

藤崎さんが大きくため息をついた。さっきお茶にはまっていると言ったのは、面倒を避けるためだったんだろう。

世の中には浩介さんみたいな人もたくさんいると聞く。藤崎さんが上司でよかった、とちょっとほっとしていた。

3

午後、藤崎さんが仕事で外出したあと、朝子さんがやって来た。

瓜生朝子さん。薫子さんの秘書である。三十代はじめくらいのきれいな人。いつも黒い髪をうしろでまとめ、おしゃれなスーツを隙なく着こなしている。薫子さんが信頼しているだけあって、すごく有能だし、藤崎さんも朝子さんには逆らえない感じだ。

「百花さん、こんにちは」

朝子さんがにっこり微笑む。

「あ、藤崎さんは仕事で出かけてるんですが」

立ちあがって答えた。

「そうなの？　じゃあ、これ、一成さんに渡してもらえるかしら？」

朝子さんが紙の包みを差し出す。

「薫子奥さまに頼まれたの。奥さまのご友人が作られたものなんですって」

「承知しました」

「そうそう、お菓子、買って来たの。いっしょに食べない？」

朝子さんが紙袋を前に出した。

「え、あ、はい……」

そろそろ四時半だ。開館時間は五時までだけど、入館は四時半まで。いまはお客さんがいないから閉じてしまってもよさそうだ。でも、藤崎さんがいないのに、いいのかな。

ま、いいか。

「じゃあ、入口を閉じますので、ちょっと待っていていただけますか？」

「もちろん。じゃあ、わたしがお茶、淹《い》れとくわね」

朝子さんは館長室の扉を開ける。

「そんな……」

朝子さんにお茶を淹れさせるわけには……。

「いいからいいから」

朝子さんは笑いながら館長室にはいっていってしまった。

館の入口を閉じ、館長室にはいると、朝子さんがお茶の載ったお盆を持って給湯室から出て来るところだった。

「これ、翠さんのとこのお茶でしょう？　いい香りよね」

朝子さんはお茶をテーブルに置く。

「薫子奥さまもいつもここのお茶なのよ」

「そうなんですか」

「ま、座って座って」

朝子さんはそう言うと、ソファに腰をおろす。わたしも向かいに座った。

「『うさぎや』のどら焼きよ。薫子奥さまへのお土産といっしょに買ったの」

朝子さんはさっきの紙袋をがさごそあける。

うさぎやのどら焼き。前に日本橋散歩に来たとき、小冊子研究会の石井《いしい》さんが言っていた。有名などら焼き屋さんだって。あのときは生菓子屋さんでお菓子を食べてしまっていたし、時間がなかったから買えなかったけど。

石井さんが言うには、うさぎやは上野《うえの》、日本橋、阿佐ヶ谷《あさがや》と三つの店舗があるらしい。富山県出身の創業者が大正時代にはじめた店が上野のうさぎや。その息子が作ったのが日本橋のうさぎやで、娘が作ったのが阿佐ヶ谷のうさぎや。うさぎやの名前は一族のものだけれど、経営は独立していて、製法や材料も少しずつちがうらしい。

「どら焼きだから、お皿出さなくていいよね。ちょっとお行儀悪いけど、このままいっちゃおう」

朝子さんが袋からどら焼きをひとつ取り出し、わたしに差し出した。ずっしり厚みのあるどら焼きだ。包みに小さなうさぎやのマークがついている。

「奥さまはどら焼き好きなのよね。うさぎやも大好きで、とくに日本橋のは皮が厚くて、ずっしりしてるのがいいんですって」

朝子さんは包みを剝《は》がし、どら焼きをぱくんと食べた。

「わあ、おいしい。百花さんもどうぞ」

うれしそうにどら焼きを食べている朝子さんは、いつもの有能な秘書の朝子さんとはちょっとちがって、なんというか、かわいかった。

「ではいただきます」

　わたしもひとくち頬張った。

「おいしい」

　たしかにおいしい。皮が厚くふんわりしていて、粒あんもたっぷり。でもあまり甘くない。

「どら焼きはやっぱりできたてにかぎるわね」

　朝子さんは満足そうな表情でうなずきながら、ぱくぱくとどら焼きを食べていく。

「そうだ、奥さまから百花さんに伝えてくれ、って言われてたんだった」

　どら焼きを食べ終わったところで、朝子さんが言った。

「なんでしょうか」

「百花さんからいただいたお手紙の返事。奥さまはとても喜んでいらっしゃいました。莉子さんと百花さんが、そこまで紙漉きに関心を持ってくれたことがまずうれしかった、と」

　美濃市から帰って来たあと、紙漉き体験や美濃市の町をめぐって感じたことを手紙に書いて薫子さんに送ったのだ。

「シンプルな紙がいちばんむずかしい、と気づいたことにも感心されてました。一日の体験でそこまで深く考えられたのがすばらしい、と。奥さま自身が紙の製造元の生まれなので、とくにうれしく感じられたようです」

朝子さんはいつもの有能な秘書の表情に戻っている。

「紙漉き、むずかしかったです。でも、体験したことでほんとうに……むかしの職人さんに対する敬意を感じました」

「薫子奥さまの家はもうずいぶん前に紙漉きをやめてしまって、当時の家もなくなってしまったんですね。それで、以前美濃市に行ったとき『旧古田《ふるた》行三《こうぞう》邸』を訪れて、自分のところもこんなふうに残しておけばよかった、と涙を流されたんです」

「『美濃手すき和紙の家旧古田行三邸』のことですよね」

「ええ」

「わたしたちは時間の都合でそこには行けなくて……」

美濃手すき和紙の家旧古田行三邸とは、本美濃紙保存会初代会長の故古田行三氏の住居兼作業場のことである。美濃和紙の里会館に行く途中にあるのだが、公開時間が午後四時までで、体験が終わってからだと間に合わなかった。

古田氏は「本物の紙は本物の建物で漉いてこそ」という考えから、自宅兼作業場を維持管理してきた。だから、当時の紙漉きの家の姿がそのまま残っているとのことで、もしまた機会があったらぜひ訪ねたい、と思っていた。

「奥さまのご実家、建物は壊してしまったけれど、簀《す》桁《けた》やいくつかの道具はこの記念館に移したんですよ」

「じゃあ、いま展示されている紙漉きの道具は……」

「ええ。すべて薫子奥さまの実家のものです」

そうだったのか。いままで展示物がどこから来たものかまでは考えたことがなかった。

「ご実家の蔵にはまだほかにも紙漉きの道具が残っているそうで……。よかったら一度百花さんたちにも見てもらいたい、って」

「ほんとですか？　ぜひうかがいたいです！」

「よかった。じゃあ、奥さまにそう伝えておきますね」

朝子さんはにっこり微笑んだ。

「で、最近はどう？　記念館の仕事はうまくいってる？」

「はい。和紙のことを勉強すればするほど興味がわいてきて……。自分がうまくできているかは自信がないですけど」

「大丈夫よ。百花さんは優秀だって、奥さまも一成さんもおっしゃってたし」

「え、ほんとですか？」

薫子さんはともかく、藤崎さんが？　なんだか信じられない。

「一成さん、全然笑わないし、ちょっと怖いでしょ？　でも、百花さんのことはちゃんと評価してると思う」

朝子さんがくすっと笑う。

「そうでしょうか……。でも、館長にはすごくよくしていただいていると思います。無表情なのも最初は怖かったですけど、少し慣れました」

思い切って言った。

「なら良かった」

「今日も……本社の営業部の方がいらして『お茶淹れてくれ』って言われたときも、藤崎さんが『僕が淹れるよ』って言ってくださって……それもすごく自然な形で。わたしがお茶を淹れるのがふつうだと思うんですけど」

「一成さんは、本社にいたころから女性がお茶汲《ちゃく》みするのとか大嫌いだったみたいよ。いつも自分で淹れてた。ところで、本社の営業が来たの？」

「はい。第一営業部の藤崎浩介さんという方が、女性のお客さまを連れて……」

「え、浩介さん？」

朝子さんの顔色が変わる。

「藤崎さんのいとこだって聞きましたけど……」

「なにか変なことにならなかった？」

「変なこと……？」

浩介さんの態度がちょっと失礼だとは思ったが、そんなことは言えない。

「まあ、ちょっと面倒な話なんだけど、いまの仕事のことでこれからも浩介さんと顔を合わせることになると思うし……」

なんだろう？　もしかして、一族の確執的なこと？　だとしたら莉子が喜びそうな話だ。

「浩介さんは現社長の雄一さんの長男なの」

社長の息子……。そうなのか。

「で、一成さんはその弟の晃成さんのところの長男」

前に薫子さんから聞いたことを思い出していた。雄一さんは秀才タイプで、医療部門の開発にも熱心。雄一さんの先見の明のおかげで、藤崎産業の業績は大きく伸びた。他方、晃成さんは勉強はまあまあだが人としての魅力が大きく、歌手のめぐみさんと大恋愛して結婚。文化的なことにもくわしく、人脈作りもうまい。海外に出て広報活動に役立てている。

雄一さんは晃成さんの自由奔放さをうらやましいと言いつつも、兄として、経営者として、実直で誠実に生きている。晃成さんの方は、自分を自由にさせてくれている雄一さんを、兄として、経営者として信頼している。

「浩介さんは第一営業部、つまり包装資材を扱う部署の課長なの。これまでは産業資材関係の営業部門にいたんだけど、去年異動していまの部署にきたのね。でも、浩介さんと一成さんは、なんというか、折り合いが悪くて……」

「え、そうなんですか？」

やっぱり、という気がした。

「子どものころからのいとこ同士の確執があるみたいなの。浩介さんは一成さんを目の敵にしてて。産業資材部門にいたころは仕事的に関係ないからあまり気にしてなかったみたいなんだけど、包装資材部門にうつってからかな。記念館はもういらないんじゃないか、って言い出したみたいで」

「記念館はいらない？」

驚いて訊《き》き返した。

「記念館だけじゃない、和紙関係は業績もふるわないし、すべてなくした方がいいんじゃないか、って」

「薫子さんはそのことをご存じなんですか？」

「もちろん知らないわ。現社長もね。浩介さんの弟さんも藤崎産業にいるんだけど、もともと体育会系でタイプがちがうのか、一成さんのことは全然気にしてないみたい。医療関係の部門にいるから、記念館の仕事とも関係ないし」

「藤崎さん……館長は……？」

「知らないと思う。一成さんが本社に来るのは取締役会があるときくらいだし」

記念館不要論なんて……。和紙に対して失礼じゃないか？　藤崎産業は和紙からはじまった会社なのだから、藤崎産業自体の歴史に対して失礼だ。

「あ、もう戻らないと。会社の裏話を聞かせちゃってごめんなさい」

朝子さんが時計を見て言った。

「いえ、聞いておいてよかったです。気をつけます」

「浩介さんも本来はすごく優秀で誠実な人なんだけどね」

親戚《しんせき》だからこそっていうのもあるのかもしれない。とくに歳が近いいとこ同士となると、きょうだいみたいなものかもしれないし。でも……。

「じゃあ、またね。あ、そうそう、どら焼き、お母さまと叔母《おば》さまにもおすそ分け」

朝子さんが小袋を差し出す。

「箱じゃなくてごめんね。どら焼きはできたてがいちばん。今日中に食べてね」

「ありがとうございます」

小袋を受け取り、頭をさげた。朝子さんが立ちあがり、お盆を取ろうと手をのばす。

「片づけはわたしがします」

「ありがとう。じゃあ、おまかせするわね」

朝子さんはにこっと微笑み、館長室を出ていった。

4

家に戻る途中、紫乃叔母さんの店に寄った。どら焼きをひとつ渡す。

「うさぎやのどら焼き？　うれしい～」

紫乃叔母さんは叫び声をあげた。

「今日、姉さんは？」

「仕事で遅くなるみたい」

「じゃあ、ごはんいっしょに食べようよ。お店ももう少しで閉めるし。うちに作りおきのおかずがあるし、ごはんは予約で炊いてあるから」

「よかったあ。これから作らなくちゃ、って思ってたから……」

もう疲れてるし、パスタかうどんでいいか、などと考えていたのだ。

「じゃあ、どら焼きは食後に……。そしたら、先に行ってお味噌《みそ》汁だけ作っておいてくれる？　冷蔵庫にお豆腐はいってるから」

「わかった」

叔母の部屋の鍵《かぎ》は持っている。

店からマンションまではほんの数分。先に自分の家に寄って、荷物を置いた。ついでに冷蔵庫をのぞくと、保存容器にはいった豚の味噌漬けが目にはいった。昨日母と食べて残った分だ。明日《あした》の夜焼いて食べなさい、と言われていたのを思い出した。

これ、持ってって焼こう。保存容器を持ち、部屋を出る。母とわたしの住んでいる部屋は三階。叔母の部屋は同じマンションの六階。エレベーターに乗ろうとして、外廊下の手すりの上に夜空が見えた。

疲れてる、と思っていたはずなのに、空を見ていたくなって、階段をのぼりはじめた。

不思議だ。きれいな空が見えると歩きたくなる。ひとりだと思うとごはんも適当でいいと思うのに、叔母と食べるなら豚の味噌漬けを焼きたくなる。

マンションの壁にヤモリがいるのが見えた。壁の色に合わせているのか、色が白い。東京だというのに、神社も近いし緑が多いから、こういう生き物と出くわすことも多いのだ。わたしが近づくと、ひゅるっと逃げた。速い。

六階に着き、叔母の部屋の鍵をあける。電気をつけ、中にあがった。炊飯器からお米の炊ける匂いがした。戸棚から出汁《だし》パックと乾燥ワカメを出し、小鍋《こなべ》に水と出汁パックを入れる。ワカメを水に戻し、豆腐をさいの目に切った。

ごはんが炊けてしばらくすると、紫乃叔母さんが帰ってきた。うちから持ってきた味噌漬けを焼き、叔母さんが冷蔵庫にあった作りおきのおかずを盛りつける。味噌汁もできて、食卓はすぐに整った。

「記念館のバイトはどう？」

おかずをつまみながら紫乃叔母さんが訊いてくる。この前、美濃市に行ったときの写真を見せたところ、叔母は超絶悔しがって、こんな素敵な宿だったらわたしも行きたかったのにぃ、と歯ぎしりしていた。

「まだ決まったわけじゃないけど、もしかしたら記念館でアクセサリーショップのパッケージをすることになるかもしれない」

「そうなの？　どんなアクセサリー？」

「彫金がメインのブランドで、shizukuっていうの」

「あ、shizuku！　いま人気よね」

叔母さんはすぐにわかったみたいだ。

「知ってるの？」

「素敵だもんね。わたしたちにはちょっとデザインが若すぎるけど……。ああいう繊細なデザインが映えるのは三十代くらいまでかな。わたしももっと若かったらつけたかったなあ」

「そうなんだ……」

「デザイナーも元モデルさんで、素敵な人なんでしょう？　前に雑誌のインタビューを読んだ」

「そうそう。すごいきれいな人。同じ人間と思えないほど。ああいう人もいるんだなあ、ってびっくりした」

「ええっ、直接会ったの？」

紫乃叔母さんが息を呑《の》む。

「記念館にいらしたの。仕事をすることになったらまた会えるかも」

「そっかあ。地味な記念館だと思ってたけど、そういうはなやかな仕事もあるんだね。よかったじゃない？」

「そ、そうかな？」

わたしはいつもの記念館の仕事でじゅうぶん満足している、というか、いまでも目標が大きすぎて、キャパ超えちゃってるんだけどな。

「パッケージって、どんなものなの？」

「今度shizukuであたらしいラインを出すんだって。日本の伝統の彫金の技術を取り入れたシリーズだって言ってた」

「日本の技術ってことは、和彫？」

「うん。知ってるの？」

「うちは彫金の作品はほとんど扱ったことがないんだけど、前に知り合いのお店で和彫の個展を見たことがあるの。あまりにもきれいだから帯留めをひとつ買っちゃった。そのときちょっとだけ説明を聞いたんだ。ちょっと待ってて」

紫乃叔母さんは戸棚から桐の箱を出してきた。蓋《ふた》をあけると銀色の帯留めが出てきた。小鳥が二羽ならんで彫られている。写実的で精巧な造りだった。

「すごい。きれいだし、リアル」

「そうなの。小さくて精巧な彫刻よね」

紫乃叔母さんによると、彫金はタガネという道具を使って金属を彫る技術だが、日本で行われている彫金には、和彫と洋彫があるらしい。

洋彫は、柄のついたタガネで前に彫り進めるため、線は細く、複雑で繊細な模様が特徴だ。他方、和彫はタガネを金槌《かなづち》で叩《たた》きながら手前に彫り進めるので、深く勢いのある線になる。

江戸時代、刀も実用性より装飾性が問われるようになり、精密な彫金の技術が発達した。元禄《げんろく》時代になると、タガネで墨絵の筆致を表現する片切彫《かたぎりぼり》が編み出される。

片切彫は、タガネの刃の片側のみを使う技法だ。金属に絵模様を表すのに、線の片側を面に垂直に彫り、他の片側を斜めに彫る。それで彫り跡に陰影が生まれ、墨絵の筆致と近いものになる。文字を彫るのにも用いられるらしい。

片切彫は町民のあいだにも広まって、煙管《キセル》や根付などに施されるようになり、今日まで伝わっている。経年変化するがそれも味わい深く、最近は指輪や帯留めなどのアクセサリー、オイルライターなどの形で長年使う人が多いのだという。

「これまでのshizukuのアクセサリーは洋彫よね。薄い金属の上に繊細な線。だから、はかなげなイメージだった。でも和彫を取り入れるということは、またちがった感じになるのかな。わたしたちの年齢でも使えるようになるかも。それは楽しみね」

そうか。あのときは時間もなかったし、ちゃんと話を聞けなかった。和紙のことばかり話しちゃったし。あたらしい作品ってどんなものなのだろう。

淵山さんは物作りが好きな人なんだと思う。記念館の品々に対する視線からもそれがよく伝わってきた。淵山さんの仕事、記念館で受けたいなあ。

「でも、依頼されるかどうかはまだこれからだし……」

浩介さんの顔が頭をよぎる。

あの人には負けたくない。なぜか強くそう思った。

明日は記念館は休館日で、久しぶりに大学に行くことになっていた。後期の授業がはじまるのは来週だが、小冊子研究会の集まりがあるからだ。十一月の大学祭に向けて、そろそろ冊子作りの準備をはじめなければならなかった。

小冊子研究会では、毎年大学祭で冊子を販売する。年間の活動のなかで、大学の簡易印刷機を使った薄い冊子は何度も作るし、個人でZINE《ジン》を作ってイベントなどで販売している部員もいる。

だが、大学祭で作る冊子は別格だ。テーマを決めて全員が執筆。表紙のほかカラーのページも入れる。大学祭で販売するほか、メディア論の立花《たちばな》先生をはじめ大学の先生たちにも献本。通販もするし、大学のまわりの書店にも置かせてもらう。

内容はさまざまだ。記事を書く人もいれば、エッセイや小説を書く人もいる。だが、全体を通してのテーマはひとつに決める。

夏休み前の話し合いで、今年のテーマは「日本橋」と決まっていた。

実はこれまで特定の土地をテーマにしたことはなかった。立花ゼミが三年次に特定の土地をテーマにした冊子作りを行うからだ。

ゼミ生が三人ずつグループになって、立花先生が決めた土地をテーマにした冊子を作る。切り口は自由。完成後、テーマに選ばれた土地の立花先生が決めた店で、冊子販売会を行う。大学祭でもこのとき作られた冊子が展示販売されるのだ。

小冊子研究会のメンバーには立花ゼミを取る人が多い。今年の三年の森沢先輩もそうだし、四年にも何人かいる。その人たちは三年で必ず土地をテーマにした冊子を作るし、立花ゼミの真似と思われるのも癪《しゃく》である。だからずっと土地のテーマは避けてきた。

日本橋は、それまでの話し合いでなかなかテーマが決まらず、苦しまぎれに出た案だった。案は山のように出たのだが、どれも一時は盛りあがるが、あまりふくらまない。

夏休みが近づき、どうしよう、と焦っていたときに、莉子が日本橋を提案した。

その少し前にみんなで日本橋散歩に行ったばかりだったし、一年の乾《いぬい》くんは水運、石井さんと松下《まつした》さんは甘味処めぐり、森沢先輩は貨幣博物館など日本橋にある博物館もろもろ、西園《にしぞの》先輩は神社めぐり、莉子とわたしはふじさき記念館と和紙について、とみんなそれぞれ書きたいことがあった。

最初は立花ゼミとのかぶりが問題になったが、森沢先輩によれば今年ゼミの共同制作で扱うのは町田《まちだ》と決まったらしい。

もともと住民がたくさんいる郊外の町が選ばれることが多く、新宿《しんじゅく》、池袋《いけぶくろ》、渋谷《しぶや》、銀《ぎん》座《ざ》など都心の大きな繁華街がテーマに設定されたことはない。だから日本橋なら問題ない。森沢先輩がそう主張し、日本橋と決まったのだった。

明日《あした》は原稿の進捗《しんちょく》状況をチェックするための集まりだった。否、クラウドで共通のフォルダを作って原稿はそこで管理しているから、進捗自体はオンラインでわかるのである。つまり、これは進んでいない人に圧をかけるための集まりだ。

大学祭は十一月後半。十一月のはじめには完璧《かんぺき》な状態にして印刷所に原稿を送らなければならない。

わたしは、といえば、もちろんさっぱり書いていなかった。記念館のことで忙しかったし、実は正直、原稿のことはすっかり忘れていた。まずい。少しでもいいから、無理やりなにかひねり出すべきか……。

原稿をストックするフォルダをのぞいてみたが、やたらと長い乾くんの原稿、写真満載の石井さんと松下さんの原稿、謎めいた西園先輩の原稿はあるが、森沢先輩のも、莉子のもなかった。

森沢先輩も莉子もいつもぎりぎりにならないと原稿を出さないタイプだ。これならまあ、許されるかな。

というわけで、そのまま寝た。

次の朝フォルダを見ると、森沢先輩の原稿が出現していた。けっこう分量もある。なんてことだ。アップされた時間を見ると午前二時過ぎ。わたしがぐっすり眠っていた時間である。

部長としての面目ということだろうか。四年の小川《おがわ》真琴《まこと》先輩は家業を継ぐので就職活動がなく、前期までは引き続き部長だったのだが、これからは卒論もあるということで、夏休み前に森沢先輩が部長になったのだ。

なんてことだ。救いは莉子の原稿がないこと。頼れるのは莉子だけ……。とはいえ、二年がふたりとも原稿なしというのはちょっとまずい。一年の手前、やる気だけでも見せないと示しがつかない。そう思って、とりあえず記念館の商品と美濃市での戦利品、莉子といっしょに漉《す》いた紙を持っていくことにした。原稿がないのだから現物で勝負だ。

パッケージされた商品はともかく、大きな紙がしわにならないように持ち運ぶのはなかなかむずかしい。丸めるところまではいいが、ふんわり入れないと結局押しつぶされてしまう。というわけで、かなり大荷物になった。

部室に着くと、西園先輩以外はみんなそろっていた。

「西園は相変わらずだな……。見たところ、いちばんわけがわからないのは西園の原稿なんだが……」

森沢先輩がため息をつく。

「そうですか？　わたし、西園先輩の文章、面白いと思いました」

松下さんが言った。

「え、ほんとに？」

「情報として的確かはわからないですが、味わいがあるっていうか、エッセイだと思えば、ああいうのもいいんじゃないかと思うんですけど」

「なるほど……エッセイ……そうか、そういう見方もあるかもしれない」

森沢先輩がうなずく。

「まあ、なんにしても、出してないよりはマシだな」

莉子とわたしの方をじろっと見る。その視線にひぃっとすくんだ。

「うわ、すいません」

莉子が謝る。

「百花とわたし、夏に記念館の仕事で名古屋の紙こもの市と美濃市に行ったんですよ。そこで写真もたくさん撮ったんですけど、たくさんありすぎて、整理がつかなくなっちゃって……」

てへへ、という感じでごまかし笑いしている。

「名古屋の紙こもの市に行ったんですか。いいなあ」

石井さんがうらやましい、という表情になる。

「美濃市っていうのは、長良川鉄道の駅ですよね」

乾くんも食いついてきた。

「知ってるの？」

莉子が訊《き》き返す。

「ローカル線好きのあいだでは人気が高いですよ。中山道《なかせんどう》の太田《おおた》宿、刀で有名な関、うだつで有名な美濃市に郡上八幡《ぐじょうはちまん》、郡上大和《ぐじょうやまと》。歴史的な観光スポットも多いし、僕も一度乗ってみたいと思ってました」

「そうそう、美濃市のうだつもとっても面白かった。ね、百花」

莉子がわたしを見る。

「う、うん。風景も良かったし、紙の歴史もわかって、とてもいい町だった。美濃市の紙ってほんとにすごいんだよ。今日は現物を見せようと思って持ってきたんだ。あと記念館の新商品も」

「紙の絵本ですよね。記念館のSNSで目にして、実物を見たいと思ってたんです」

松下さんが言った。

「紙の絵本もあるよ。わたしたちは特装版は買えないんだけど、普及版は……」

がさごそとカバンを探り、紙の絵本を取り出す。

「やっぱり素敵ですねえ。おしゃれ……」

「この感触、いいですね。歌会に持っていきたいです……」

石井さんと松下さんがページをめくった。

「美濃市で買った紙小物もあるよ。美濃和紙の里会館で漉いた紙も……」

次々に机に出す。

「うわあ、すごい。素敵。これ、百花先輩が漉いたんですか？」

石井さんがわたしの漉いた落水紙を見て言った。

「そう。一日体験を受けたからね」

「この網目や花の模様はどうやってつけたんですか？」

松下さんも訊いてくる。金網やポリプロピレンシートを使ったことなどを、莉子の写真を見せながら説明した。

「あれ、これはカード……ですか？」

松下さんが羽のカードを手に取る。

「え、なにそれ。うそ？　それって紙？」

石井さんがカードを凝視する。

「紙だよ。すごい。紙が羽の形になってる……。本物の羽みたい」

松下さんがつぶやいた。

「これはカードだけど、窓ガラスに貼ったり、天井から吊《つ》るしたりする飾りもあったんだよ。雪の結晶とか、動物や植物の形のもあって」

「こういうものを売ってる店がたくさんあるんですか？」

「そうなの。古い町並みにこういう和紙の店がたくさんあって……。あ、甘味処や和菓子のお店もあったよ」

「ほんとですか？　うわー行きたいー」

石井さんの目がきらきらする。

「まあ、俺も美濃市や長良川鉄道には興味あるけどさ。それはまたいつか行けたら行く、ってことにして、とりあえず今年の冊子を作らなきゃいけないんだよね。荒船さんと吉野さんの原稿はどうなってるのかな?」

森沢先輩がじっとこちらを見る。

「はいっ、わかってます、もちろん!」

莉子が勢いよく答えた。

「まあ、ふたりで話し合って、だいたい構想はできてるんです。そうだよね、百花」

莉子がわたしに言った。

「そうそう。記念館の展示のこととか、新商品作りのこととか……」

もちろん構想なんてなにも考えていなかったが、適当に話を合わせる。

「だったらいいけど……。まあ、後期はじまる前には原稿仕上げてくれよ。あと、一年生。乾くんのは、くわしいのはいいけど、ちょっと長いかな。もう少し焦点をしぼってまとめるようにして」

「わかりました」

「甘味処めぐりは文章もいいし、写真もこれだけあればじゅうぶんだよ。あとはレイアウトだね」

「大丈夫です。石井さんは和菓子の同人誌を何冊も作ってるから、レイアウトはばっちりだって」

松下さんが微笑むと、石井さんがうなずいた。

なんか、今年の一年、優秀だな。わたしたちもがんばらないと。そう思って莉子と顔を見合わせた。

5

帰り、莉子とふたりで駅の近くのカフェに寄り、冊子の原稿のまとめ方を相談した。美濃市での出来事は莉子にとっても印象深かったらしい。

そもそも莉子は秩父出身。細川紙の産地はいまの小川《おがわ》町から東秩父《ひがしちちぶ》にかけての地域だ。これまであまり意識したことがなかったようだが、細川紙について調べるうちに自分の地元ともかかわりがあると気づき、和紙への関心が芽生えたらしい。

美濃市に行ったあと実家に帰り、家族といっしょに「東秩父村和紙の里」にも行った。そこには江戸時代後期の紙漉《かみす》き家屋が移築・復原されていて、伝統工芸の和紙や竹縄が展示された資料館もあるという。

「江戸時代の紙漉きの家か……。そんなのがあるんだね。行ってみたいなあ。美濃市では『手すき和紙の家』に行けなかったし」

「でもさ、百花、今回の冊子のテーマは『和紙』じゃなくて『日本橋』なんだよ」

「あ、そうだった」

「だから紙そのものじゃなくて、記念館の方に焦点をあてないと」

莉子が言った。

「記念館だけじゃなくて、日本橋にある紙関係の店をいくつか取りあげる、とか？」

「それもいいね。記念館のほかに『小津和紙』に『はいばら』『川島《かわしま》紙店』……」

「あ、でも、それだと石井さんたちの甘味処と似てない？　森沢先輩のも日本橋の博物館めぐりみたいな感じだし、めぐるの多すぎ」

「テーマを土地にするとどうしてもそうなるよね。あーあ、わたしたち、紙に関してはこんなにネタ持ってるのになあ。むしろそっちを書きたいけど……。あのときそう提案すればよかった」

莉子がうなる。

「だよねえ。みんな和紙には関心あるみたいだし、広がりも奥行きもあるし……」

「でも手遅れだよ。もうみんな日本橋で原稿書いちゃってるもん」

「そうだね……」

わたしもため息をついた。

「そしたらさ、来年のテーマを和紙にしない？」

莉子が言った。

「来年はわたしたちが三年でしょ。だから和紙を強く推して……」

「いいかも！　来年になればもっと知識が増えてると思うし」

なんだか気持ちが盛りあがる。だが、これは所詮《しょせん》逃避である。

「でもさ、その前にまず今年の冊子だよ……。どうするの、日本橋」

「そうだよねえ」

話がふりだしに戻る。

「やっぱり、ほかとちがいを出すためにも記念館一本に絞った方がよくない？」

莉子が言った。

「絞るって言っても……」

記念館の歴史？　記念館の仕事？　日本橋というテーマに惹《ひ》かれて冊子を手にとった人たちにとって、果たしてそれって魅力があるのか？

「わかった！」

突然莉子が叫んだ。

「え、なに？」

「記事としては和紙について書く。それを、日本橋のふじさき記念館で取材した、ってことにする」

「あ、なるほど！」

すれすれかもしれないがテーマに沿ってはいる。

「それで、百花がこれまでの記念館で作ったものを写真つきで紹介、興味があったら記念館にきてね、ＳＮＳやオンラインショップもありますよ、ってさりげなくアピール。そしたら記念館にとっても宣伝になって、ウィンウィン」

「そうだね。わたしたちがかかわった商品についてだったらけっこうくわしく書けるしね。そうしよう。藤崎さんにも訊《き》いとく」

「じゃあ、わたしたちがかかわった品物中心で……。組子障子のカードに、貝殻の小箱、紙の絵本の特装版と普及版、と」

莉子がタブレットのメモに手書きで内容をまとめはじめる。とはいえ自分たちがかかわったことを前面に出すと内輪っぽい印象になるし、自画自賛も見苦しい。というわけで、紙づくりの技法の紹介をメインにすることにした。

莉子のメモを共有し、家に帰った。写真の選択とレイアウトは莉子、文章はわたしが書く。藤崎さんからも記事掲載の了解が取れ、早速原稿を書きはじめた。

組子障子のカード、貝殻の小箱、紙の絵本。漆工芸のような別の分野の技術も取り入れ、伝統技法だけでなく、レーザーカッターなどの最近の技術も使っている。技法を説明するだけでもかなりの文字数になった。

だが、莉子に送ってみると、説明が多すぎて内容がかたい、と言われた。たしかにその通りだ。莉子が撮った写真をたくさん使っているので、はじめて見る人でも理解はできるだろう。でも、読む気になるか、と言われると疑問である。

実際に現場やできあがったものを目にしているわたしたちにとっては驚きでも、記事を読んだだけではそのすごさが伝わらないんじゃないか、ということになり、職人さんや藤崎さんの言葉を入れたり、わたしたちの感想を加えてみた。

——これならいいんじゃない？　伝わりやすくなった気がする。

原稿を読んだ莉子がメッセージを送ってきた。

——やっぱり物語が大事なんだよ。職人さんの思いとか、記念館が目指してること、とかさ。

莉子のメッセージに、なるほど、と思った。思い。物語。そういうことがくっきりするように文章を整理し、小見出しをつけ……。結局文章ができあがったのは明け方近かった。莉子に原稿を送り、倒れるように寝た。

こうなることを見越して、次の日もバイトを休みにしていたので、昼近くまで眠っていた。起きてみると母はもう出かけている。莉子からメッセージが届いていて、写真を選んだと書かれている。フォルダを見ると、無限か、と思うほどあった写真から良さそうなものが選ばれていた。

さすが莉子。あとはこれをレイアウトすればいい。

ほっとして、ひとりでお昼を食べ、部屋を掃除したり、たまった洗濯物を片づけたり。昨日大学に持っていった紙小物もカバンから取り出し、棚にしまった。

自分で漉いた和紙を広げ、まじまじと見る。ふつうの和紙を日に透かす。ムラがあってなんとも均質とはほど遠い。美濃市で聞いたむかしの職人の話を思い出し、すごいなあ、と思った。

それから落水紙。金網越しにシャワーをあてた紙は、格子模様のレースみたいだ。上にポリプロピレンシートの型を置いた部分はふつうの紙のまま残っている。これを応用すれば、あの羽や雪の結晶みたいな透かし和紙ができるのだろうか。

羽のカードも雪の結晶の飾りもきれいだった。この紙じゃまだまだだけど、こういうレースみたいな和紙をなにかにできないだろうか。

あの店で売っていた水うちわは和紙を天然ニスというもので固めた、という話だった。小さな透かし和紙を天然ニスで固めたら、アクセサリーにならないかな。でも透かし和紙はこの軽やかさがいいんだ。固めてしまったら魅力がなくなってしまう。

じゃあ、ガラスにはさむのはどうだろう。ガラスにはさんで照明に使うとか……。いやそれだったら、ただ枠にはめて、日差しのあたるところに置く方がいい。障子みたいに。日が傾いたら、きっときれいな影ができるだろう。

――和紙の需要は減ったけれど、いまは若い作り手が自由に紙を漉き、自分の表現にしている。それは、紙漉きの伝統があるからこそできることなんだ。あたらしいものを作ることは紙漉きに宿る夢を掘り起こし、実現する作業なのかもしれない。

あのときの藤崎さんの言葉が頭によみがえってくる。

――だから祖母はいま自由に紙作りをしている若者を応援しているんだよ。記念館をそのために使いたいと思っている。

古いものを背負うというのはたいへんなことだ。だけど、ここにはまちがいなく豊かなものがある。技術の蓄積のなかにたくさんの可能性がひそんでいる。

——少しでもあたらしい可能性にかけたいんだ、って。自分ももう歳だし、いつあの世から呼ばれるかわからないし、最後ぐらい精一杯遊びたい、って。

豪華な遊びだ。豪華で、儚《はかな》い。

陽に透けて紙のなかの繊維が見える。長い繊維がからまりあって、白い一枚の面を作る。紙って不思議なものだなあ、とぼんやり思った。

金曜日、記念館の受付で商品を整理していると、エレベーターから女の人がおりてくるのが見えた。淵山さんだ。この前とはちがってラフなワンピース姿だが、まちがえようがない。今日はひとりみたいだ。

「こんにちは」

淵山さんが受付にやって来てにっこり微笑む。

「さっき館長さんにお電話したんですが……。お部屋にいらっしゃいますか？」

「はい」

藤崎さんなら、今日も朝からずっとパソコンとにらめっこしている。呼んでくるべきなのだろうか。それとも淵山さんを館長室に案内するべき？　迷っているうちに、館長室から藤崎さんが出て来た。

「お待ちしてました」

いつもと変わらない無表情。

「突然ですみません」

淵山さんが頭をさげる。

「どうかされましたか？」

「はい。この前あまりちゃんと館内を見られなかったので、もう少し見てみたいのと、結局こちらの商品を買うことができなかったので……」

「ありがとうございます。ではゆっくりご覧ください。必要であれば吉野が案内しますし、質問があれば僕が答えますよ」

うわ、まかされた。ちょっとうれしいが、緊張した。

「うちの商品に関しては吉野の発案のものが多いですから。使った技術のこともおおむねわかっていると思います。館内の展示や映像の制作にもかかわってますから」

「そうなんですね」

淵山さんは少し驚いたようにわたしを見た。

「あと……。実は今回のあたらしいラインのパッケージにやっぱり和紙を使いたくて」

淵山さんが少し困ったように言った。

「もし興味のある紙がありましたら、サンプルをお出ししますよ。ところで、今日はおひとりなんですね」

「はい、実は……。営業の方の藤崎さんに和紙を使うことを相談してみたんですが、いい顔をされなかったんです」

淵山さんが言いにくそうな顔になる。

「和を意識したラインでも、パッケージまで和紙を使うと古臭く見えるんじゃないか、っていわれたんです。上質なイメージはあるが、年配向けのイメージで、若い層をターゲットにしたshizukuには向かないんじゃないか、と」

「そんなことはないと思います」

思わず叫ぶように言ってしまった。淵山さんも藤崎さんも驚いたようにわたしを見る。

「すみません、つい……」

「いえ、いいんですよ。吉野さんの意見もうかがいたいわ。吉野さんこそ若者だし」

淵山さんが微笑む。

「大学の友だちも、みんな和紙に興味があるんです。最近は小物にもモダンなものがたくさんあって……わたしたちが見てもおしゃれだと思うし、古臭い、なんてとんでもないです」

「そうよね。ここのグッズもどれも素敵。古臭いどころか、すごくあたらしいものに見える」

淵山さんが受付にならんだ商品を見た。

「営業の藤崎は洋紙が専門なので、和紙にはあまりくわしくないのです。洋紙の方が加工しやすい面もありますしね。もう具体的な提案があったんですか」

「はい。UVの厚盛りというのを薦められました」

「UVの厚盛り？」

　知らない言葉だ。

「UVインキというのは、紫外線で固まるインキで、無色透明の厚みが出て、ツヤッとした質感になるんだ。ロゴやタイトルの部分だけUVでコーティングすると、ほかの部分と質感が変わって目立つ。本のタイトル部分だけコーティングしたり、ブランドショップや化粧品関係、高級チョコレートのお店なんかでもよく使われてるよ」

　つやつやして盛りあがった文字。ああ、あれかな、と思いあたるところがあった。

「わたしの知り合いのお店でも、UVの厚盛りを使っているところはたくさんありますから。高級感が出るのはわかってるんです。でも、わたしが求めているのとはちょっとちがって……」

　淵山さんは天井を見あげ、なにか考えているような表情になる。

「営業の藤崎さんはUVの厚盛りの艶《つや》を『漆のような』って言ってたんですけど、その表現にも違和感がありました。それはほんものの漆じゃないし、ほんものの漆の艶とは全然ちがう気がして。shizukuで目指しているのはそういう方向じゃない、と思ったんです。見た目の豪華さじゃなくて、素材が本来持っているうつくしさ、と言いますか」

「なるほど」

　藤崎さんの目つきが変わる。なんだか急にやる気になったみたいだ。

「では、淵山さんはどういう方向を目指していらっしゃるんでしょう。いや、その前に、そのあたらしいラインのアクセサリーというのがどういうものなのか、サンプル、いや写真でもいいんです、イメージがつかめるものを見せてもらえませんか」

「わたしも見たいです。この前お話をうかがったときからずっと気になっていて……」

　淵山さんはそう言って、大きめのバッグのなかからケースを取り出した。

「ひとつだけ見本を持ってきたんです。こちらがあたらしいラインのブローチです」

　そう言って、ケースを開く。銀色の小さなくるみ。形はかわいらしいが、予想以上の精巧さと硬質な輝きに息を呑《の》んだ。従来の繊細なラインとは印象がちがう、力強い線が彫られている。

「すばらしい。とても生き生きしていますね」

　藤崎さんがうなった。

「ありがとうございます」

　淵山さんがほっとしたような表情になった。ケースの角度を変えると、線がきらりと光る。

「ほかの写真もお見せしますね」

　バッグからタブレットを取り出し、きれいな指先ですいすいと写真をめくっていく。

松ぼっくりに帽子のついたどんぐり。トゲトゲやイガイガのついた不思議な形の木の実や種。どれも名前はわからないが、どこかで見たことがあった。

　小さな草花や蝶《ちょう》や蜂のような虫。小さなヤモリもいた。この前マンションの壁にいたヤモリの姿が頭をよぎる。

「とてもきれいです。でも、なぜか、なつかしいような……。手が届く身近な風景みたいな気が……」

　わたしが言うと、淵山さんがにこっと笑った。

「そう、そうなの。これ、『garden diary』っていうシリーズなんです」

「garden diary……」

「庭にある植物たち。庭にくる生き物たち。その小さな世界を形にしたくて……」

「なるほど、こういうものだったのですね」

　タブレットを見ていた藤崎さんがうなずく。

「日本画でも身近な草や果実、虫を画題にとったものがありますよね。小さくて、精巧で……。でも完全に和というわけじゃない。イギリスの庭園みたいな雰囲気もあるし、不思議なうつくしさだ」

「そうですね、和彫を強調したかったわけではなくて、和彫の特徴は活《い》かすけれど、作りたかったのはあくまでもshizukuらしい世界なので……」

　淵山さんが言った。

「これまでのshizukuとは雰囲気がちがうけど、通じるところもありますね。力強いけど繊細で、かわいくて……。それに、どれも削られたところがすごく輝いてて」

小さくてかわいいが、しっかり作られているので子どもっぽい感じはしない。これならきっと叔母《おば》でもつけられるだろう。

「和彫は金槌《かなづち》でタガネを叩《たた》きながら彫りすすめるから、金属同士が洋彫より強く擦《こす》れる。だから光が強くなるんです。そこも和彫の魅力なんですよ」

淵山さんが微笑む。

「前回お話をうかがったとき、和彫というお話だったので、パッケージとしては金唐紙《きんからかみ》のようなものをイメージしていたのですが……」

藤崎さんが言った。

「金唐紙？」

「江戸時代、ヨーロッパの宮殿や寺院の壁や天井の装飾に用いられていた豪華な革細工が日本に伝わってきたんですね。型押しや彩色がほどこされた装飾革で『金唐革《きんからかわ》』と呼ばれた。それを紙で再現したのが『金唐紙』です」

「革細工を紙で？」

淵山さんが首をかしげる。

「和紙に金や銀、錫《すず》などの箔《はく》を貼って、版木棒をあてて裏から刷毛《はけ》で打ち込んで凹凸をつけ、彩色したものです。金属の箔が使われているからきらきら輝く。明治期には鹿鳴《ろくめい》館《かん》のような西洋建築の壁紙に使われていました。継ぎ目が目立たないし、革より安価ということもあって、一時はヨーロッパにも輸出されて、バッキンガム宮殿の壁紙としても使われたとか」

「そんな技術があったんですね」

藤崎さんがスマホで画像を探す。

「こんな感じです」

「きれいですねえ」

淵山さんといっしょに画面をのぞく。すごく精巧で、豪華だ。柄は西洋風にも見えるが、着物の柄とも通じるところがある。革細工を真似たという話だが、彩色されたレリーフみたいに見えた。

こういう紙もあるんだな。落水紙や透かし和紙の薄く空気をはらむような雰囲気とは逆で、こちらは重厚で密度が高い。

「でも、プリントの壁紙が出てきてからはだんだん需要が減って、技術も落ち、昭和中期にいったん途絶えてしまった。それが近年再現されたのですが、作れる場所は一ヶ所しかない。これ自体が工芸品で、パッケージに使えるようなものではない。でも、もっとシンプルなエンボスなら作れますし、和彫とも合うかな、と思ったんです」

「なるほど。凹凸があると彫り物のような雰囲気が出る、ということですか」

淵山さんが訊《き》いた。

「そうです。営業の藤崎が言っていたＵＶの厚盛りも発想の根っこは同じだと思います。

紙に凹凸をつけて質感を変えることで、和彫に通じる雰囲気を出したかった」

「そういうことだったのですね。でも、それだとわたしのイメージとはちょっとちがいます。商品と同じ方向じゃない方がいいような気がして……」

淵山さんは考えこむ。

「わかります。同じ質のものに包まれていると、開けたときの驚きが半減しちゃう気がしますし、異質なものにはいっていた方がいい、ということですよね」

わたしは言った。

「そうなんです」

淵山さんが大きくうなずく。

「なるほど。反対の雰囲気がいいんですね。たしかにその方が中身が引き立つ。和彫の持つ輝き、鋭さ、それと逆の感じ……。ああ、だから和紙なのかもしれませんね。やわらかさや、ふんわりした雰囲気がある」

藤崎さんが腕組みした。

「はい。でも、和紙はふんわりやわらかいものですが、それだけじゃない。芯《しん》に強さがありますよね。緊張感というか……。完全に反対なんじゃなくて、通じるところもあるのがいいな、って」

淵山さんが言った。

和紙はやわらかくふんわりしている。だが、そう簡単に破れない。内側で繊維がからまりあい、強く結びついている。だから落水紙や透かし和紙のような薄いものでもそう簡単にちぎれたりしない。

やわらかさ、ふわりとした羽のような……。美濃市で買った羽のカードや雪の結晶の飾り、透かし和紙が頭をよぎる。

美濃市の宿のショップには、波や雲をかたどった紙もあった。波頭や雲以外の部分は、透けるくらい薄かった。どうしてばらばらになってしまわないのか、と思うくらい。

あの雲や波の紙を箱にしたら……？

ふいに頭のなかにイメージが浮かんだ。

雲のような、空気のような紙でできた箱。

でも、あんな薄い紙、箱になるわけがない。巾着《きんちゃく》袋だったら可能かもしれない。和紙は薄くても丈夫だ。巾着にして絞っても大丈夫なはず。

透かし和紙を使った小さな巾着袋？　ああ、でもちょっとちがう。薄い透かし和紙がかっちりした箱になっているからいいんじゃないか。

「あの」

どうしたらいいかわからないまま、思わず声が先に出た。

「雲のような薄い紙を、箱にするのはどうでしょうか」

なんだか意味不明な提案になってしまった。

「雲みたいに薄い紙を箱に？　どういう意味だ？」

案の定藤崎さんは眉《まゆ》をひそめている。

「美濃市の宿のショップで、雲みたいな紙を見たんです。雲みたいな紙と波みたいな紙……えーと……ちょっと待ってください」

スマホを出し、写真をめくって美濃市で撮ったものを探す。

「これです」

青い紙の上に置かれた「波」と「雲」。

「ああ、この紙。たしかにあったね」

藤崎さんがうなずいた。

「これ、どういうことなんですか？　この白い部分はどうやって作ったんでしょう？」

淵山さんが目を近づけた。雲も波も白い部分の形はランダムで、しかも周囲との境界は溶けこむような自然なグラデーションだ。型を置く方法ではこういうふうにはならない。

「この作り方はわかりませんでした。宿のご主人も作り方はわからない、っておっしゃってましたし」

「そうなんですね。とても……すばらしいです。こんな紙、見たことがない」

淵山さんがため息をつく。

「さっきの話、和彫のアクセサリーと反対の要素を考えていて、浮かんだのがこの紙だったんです」

「素敵です。わたしが目指していたものと通じる気がします」

「でも、これを箱にするってどういうことだ？　袋ならできるかもしれないが、この紙で自立する箱を作るのは不可能じゃないか？」

藤崎さんの指摘に、わたしもうーんとうなった。

「アクリルのケースに貼るとか……？　そうすれば形は作れるかもしれないけど……」

「それだと紙の質感がなくなってしまうし、ミラクルな感じがなくなっちゃうと思うんですよ。障子みたいに、紙だけがぴんと張ってある状態じゃないと」

「また無理なことを……」

藤崎さんがため息をついた。

「どうやってこの薄い紙だけで箱を作るんだ？　裏に紙を貼ったら透けなくなってしまうし、透明な箱を作るならアクリルのようなものを芯に使うしかないじゃないか」

「でもわたし、吉野さんの言っていること、わかります。実現したら素敵だと思います。この薄い和紙で作られた空間に和彫のアクセサリーがはいっていたら、すごくわくわくすると思う」

淵山さんが目を輝かせた。

どうやったら実現するんだろう？　薄い紙の向こうにこのアクセサリーが透けて見える箱。しかも、アクリルみたいな素材を使わずに……。

──裏に紙を貼ったら透けなくなってしまうし、透明な箱を作るならアクリルのようなものを芯に使うしかないじゃないか。

藤崎さんの言葉が頭のなかで響く。

裏に紙を貼る……？　そういえばあの紙、ショップの引き出しでは青い紙と重ねられていた。だからこそ雲や波の形が引き立ったのだ。白い紙に重ねられていたらなにも見えなかった。色のついたものが下にあった方がいいのか。

けど、ほかの紙と重ねたら透けるという特色は消えてしまう。

そうか、離れていればいいんだ。別の色の紙の上に透かし和紙が浮いている感じ……。

突然頭のなかに箱の形が浮かんできた。

「わかった」

思わず小さく叫んだ。

「箱を全部透かし和紙で作らなくてもいいんです。一面だけなら……」

「一面だけ？」

「そう、蓋《ふた》だけ、とか。厚い紙で芯を作って、蓋の部分を窓のようにくり抜く。そこに透かし和紙を貼れば、透かし和紙の窓ができます。上面全体を額縁のようにくり抜いてもいいですし、丸い穴をあちこちに開けても……」

「ああ、そうしたら、和紙だけが貼られた窓ができますね」

淵山さんが言った。

「それなら可能かもしれない。窓の大きさと箱の強度を考えないといけないが」

藤崎さんが腕組みする。

「それで、箱の内側には別の色の紙を貼って……。あ、アクセサリーだとアクセサリーを固定する台を入れるんですよね？　その紙を別の色にした方が透かし和紙の模様が引き立ちます」

想像がどんどん広がっていく。

「いいですね。かろやかで、仰々しくなくて、でも、ずっととっておきたくなる箱。イメージにぴったりです」

淵山さんも大きくうなずく。

「そうしたら、まずはその形で箱をデザインしてみましょうか。ただ……」

藤崎さんがそこで止まった。

「なんでしょう？」

「いえ、社内的なことですので……。まずはデザインを考えて、できたらお送りします。詳細はそれから考えましょう」

「わかりました。ありがとうございます」

「せっかくお越しになったんですから、今日は記念館をゆっくり見ていってください。僕は急ぎの仕事があるので館長室に戻りますが、展示品のこともグッズのことも、吉野に訊《き》けばたいていわかるはずです。なにかあったら呼んでください」

「ありがとうございました」

淵山さんが頭をさげた。

6

それから淵山さんを案内して、記念館のなかをまわった。淵山さんは紙漉《かみす》きの映像を最後までじっくり見て、展示物ひとつひとつの解説をていねいに読んでいた。

途中、ほかのお客さまがやってきて、そちらに応対するためにそばを離れたが、淵山さんは引き出しを一段ずつあけて、なかの紙を順番にながめていた。その目の鋭さに驚き、やっぱりものを作る人なんだ、と感じた。

ほかのお客さまが帰っていき、淵山さんのところに戻る。

「ほんとにすごいですね」

わたしが近づくと、深く息をついてそう言った。

「これだけ精巧なものが人の手で量産されていたなんて」

「そうなんです。わたしも美濃市に行ったとき、そのことにすごく驚きました」

「映像を見ていると、紙を一枚漉く時間はすごく短い。彫金は少しずつ彫り進めていく仕事でしょう？　でも、紙は簀桁《すけた》を水の中で何回か揺らすだけ。それでこんな風に滑らかで均一なものを作れるなんて……」

「工芸品はどれも自己表現じゃないんですよね。自分とは別に絶対的な基準があって、そこに向かって鍛錬していく」

「ある時期から人間はそういうことを全部機械にやらせるようになったんですね。単純作業だから機械でもできる、と考えて。実際それで労働の負担は減ったし、ほんとうに均一なものが作れるようになった。でも、人の手じゃないとできないこともある。彫金をしているとよくそう思います」

淵山さんは引き出し棚の上の和紙の小さなサンプルを見た。

「和紙、いいですね。パッケージもだけど、今度お店で『garden diary』の発表会をすることになってるんです。そのときの装飾にも和紙を使えたら、って思っちゃった」

そう言って、にこっと微笑む。

「和紙、室内装飾にも使えますよ」

即座に答えた。

「美濃市のお店でも見ました。和紙の飾りを天井からさげたり、窓に貼ったり。それもきれいなんですよ」

「そうなの？」

淵山さんが興味を示す。わたしはスマホを取り出し、写真を探した。

「こんな感じです」

窓に貼られた透かし和紙や天井から吊《つ》るされた飾りの写真を見せる。

「すごい。これも和紙なの？」

羽のカードを見た淵山さんが驚きの声をあげる。

「そうなんです。この商品、わたし持ってますから、よければ今度お見せします。ほんとの羽みたいですよ」

「すばらしいわ」

写真を拡大しながらじっと見入っている。

「そうだ」

なにか思いついたのか、淵山さんが顔をあげた。

「店内装飾、和紙で白い庭を作るのはどうかしら？」

「白い庭ですか？」

「そう。葉っぱみたいな形の和紙を作ってケースの上から垂らしたり……」

「ああ、いいですね。蔓《つる》の植物とか、シダもいいかもしれません。その下に『garden diary』のアクセサリーを置くと、白い庭のなかにあるみたいで、素敵だと思います」

「切った紙で装飾すると安っぽくなるけど、縁がふわふわしたこういう和紙なら雰囲気が出るわよね」

「ああ、そしたら……」

わたしも思いついて言った。

「さっき箱の蓋に透かし和紙を貼るアイディアを出しましたけど、それも植物の模様がいいかもですね。蔓や葉っぱの柄。そしたら、茂みの隙間から庭の小さなものたちが垣間《かいま》見えるような雰囲気が出せるんじゃないですか？」

「いいですね。そしたらラッピングも和紙を使って……」

「そちらは機械漉きの和紙でもいいかもしれません。機械漉きもいまはいろいろあるみたいで、くわしいことは館長に聞かないとわからないですけど……」

そこまで言って、ちらりと浩介さんの顔が頭をよぎった。パッケージやディスプレイに和紙を使うプラン、浩介さんは納得するだろうか。でも、依頼主は淵山さんだし……。

「そうですね、具体的なことはまた追って……。でも、すごくイメージがふくらみました。今日来てよかったです」

淵山さんが微笑む。

「じゃあ、わたしはそろそろ……」

「もう一度館長を呼びますか？」

「いえ、お忙しいみたいですし、大丈夫です。それより、グッズを買っていきます」

「ありがとうございます」

淵山さんを受付の物販スペースに案内し、しまってあった紙の絵本の特装版も机の上に出した。

「あ、これが特装版なんですね」

「はい。もう五冊しか残ってないんですが……」

「素敵ですね。表紙の紙も綴《と》じ方も……」

五冊をじっくり見くらべ、着物の小紋のような柄の表紙を手に取った。それから組子障子のカードを数枚選ぶ。

「これだけお願いします」

淵山さんから商品を受け取り、代金を計算する。

「ありがとうございました」

袋に入れた商品を手渡し、頭をさげた。

「じゃあ、もうひとりの藤崎さんとも相談して、またご連絡しますね」

淵山さんはにこっと笑って記念館を出て行った。

時計を見ると、もう閉館時間近かった。館長室に戻り、藤崎さんに淵山さんが帰ったことを伝えた。

「ずいぶん長いこと見ていたんだね」

藤崎さんは少し驚いたようだった。

「はい。展示も映像も全部じっくり見て、引き出しの和紙も全部……。すごく熱心な方だなあ、って」

「やっぱりものを作る人はちがうのかもしれないね。ジャンルは別でも、ほかの人とは見方がちがうんだろう」

「そうですね」

淵山さんと話したことを思い出しながらうなずいた。淵山さんが和紙に興味を持ってくれたことが、なんだか無性にうれしかった。

「淵山さん、包装紙にも和紙を使いたい、っておっしゃって。それで、包装紙は機械漉きの和紙でもいいんじゃないか、ってお話ししたんです」

「なるほど。たしかに包装紙は機械漉きの和紙でもいいんじゃないかな。手漉きは流石に高いし、機械漉きには印刷適性の高いものや、実用性を考えて作られたものがいろいろあるし。そういうことならリボンじゃなくて、紙糸《かみいと》を使うのもいいかもしれない」

「紙糸？」

「簡単にいうと、紙で作った糸だ。強靭《きょうじん》なマニラ麻を和紙に漉き、幅数ミリのテープ状に裁断。それを撚《よ》って糸にする」

「切れないんですか？」

「そう簡単には切れない。ふつうの糸より張りがあって、結んだときにぴんとする。太さもいろいろあるよ」

紙糸か。覚えておこう。

「淵山さん、パッケージのほかに、お店で開く新作発表会のディスプレイにも和紙を使いたい、っておっしゃって……」

わたしは淵山さんと考えたアイディアを話した。ショーケースのなかを植物の形の和紙で飾ること、箱の蓋《ふた》に貼る和紙も植物の柄にすること……。

「吉野さん、なんだか張り切ってるね」

藤崎さんが言った。

「え、そうですか？」

「いや、いつもがんばってるとは思ってるんだけど……。今回は特別っていうか。美濃市に行っていろいろ考えたからかな」

「淵山さんのものづくりの姿勢から刺激を受けたというのもあります」

「それはいいことだ。これまでにない欲が出てきたね」

その言葉にはっとした。

「すみません。勝手に盛りあがってしまって……」

「いや、悪い意味じゃないよ。欲は生きるために必要なものだ。欲が出てくるのは一生懸命取り組んでいる証拠だし、むしろいいことだ」

そう言われて、ちょっとほっとした。

「淵山さん、もうひとりの藤崎さん……浩介さんに相談して、また連絡する、っておっしゃってました」

「え、浩介に？」

急に藤崎さんの顔色が変わった。

「それは……参ったな……」

「いけなかったでしょうか」

まずかったのだろうか。不安になって訊《き》いた。

「淵山さんを連れてきたのが浩介じゃなければ問題なかったんだが……」

藤崎さんが眉間《みけん》に皺《しわ》を寄せた。

「前に話しただろう？　浩介は僕のいとこなんだ。そのときに言わなかったっけ、面倒くさいやつなんだ、って」

「はい、それは前回浩介さんがいらしたときに聞きました」

「むかしからそうなんだ。変にプライドが高いっていうか、やたらと勝負にこだわる。とくに僕に対してはあたりがきつくて……」

藤崎さんがため息をつく。

「実は、現にもう面倒くさいメールが来ている」

「え？」

「この前、ふたりが来た翌日にね。淵山さんが希望したから記念館を見せに行ったけど、仕事自体を渡す気はない、shizukuのパッケージはこちらの仕事だから、と」

「え……」

そんなことがあったのか。知らなかった。朝子さんから聞いていたのに、迂闊《うかつ》だった。

「さっきもまた長文のメールが来た。記念館で余計なことを話すから、淵山さんが和紙でパッケージを、と言い出した、だがもうこちらのプランで見積もりも取っているし、shizukuの仕事はずっとうちで受けて来た仕事だし、なんちゃらかんちゃら、と」

藤崎さんがうんざりしたように言う。

「社内で仕事の取り合いになっていることがわかったら淵山さんがうちとの取引をやめてしまうかもしれない、余計な手出しをするな、ってさ」

そんなことに……？ 青ざめた。あのときちゃんと藤崎さんに確認を取ればよかった。どうしよう。淵山さん、もう浩介さんに連絡してしまっただろうか。

お客さまの希望なら通ると思っていたけど、もしかしてそんなに簡単じゃないかもしれない。なにしろ浩介さんは記念館不要論まで唱えているんだから。そのことは藤崎さんには言えないけど……。

「それで、どうされたんですか？」

「最初のメールには、うちが仕事を請け負うつもりはない、って返したよ。浩介と張り合うのは疲れるんだ。こっちが折れるまで絶対に引かないから。だから、これまでは浩介がからんだ話は極力近寄らないようにして生きて来た」

藤崎さんがため息をつく。

「浩介が和紙に冷淡なのも僕のせいみたいだし」

藤崎さんによると、浩介さんは一成さんのひとつ上。正確には、浩介さんは二月生まれ、一成さんは十月生まれだから、一歳まではちがわないのだが、学年は浩介さんの方がひとつ上ということらしい。

父親の雄一さんは浩介さんに藤崎産業を継がせようと考えていたし、奥さまも教育熱心だったから、浩介さんはお受験で有名私立小学校にはいった。

一方、藤崎さんの方は、お父さまの晃成さんもお母さまのめぐみさんも、言ってみれば自由人。小さいころは勉強などしなくてよし、の方針で、地元の公立小学校に入学。

「祖母から言われたんだ。浩介は僕みたいに和紙の名前を言いあてられないのを気にしているのかもしれない、って。変な話だろ？　そんなの気にすることか？　事実、僕が和紙にくわしくなっても、褒めるのは祖父母くらいで、学校でうらやましがられたことなんて一度もない。変人だって言われただけだ」

「そうかもしれませんけど……」

それは、学校の友だちが紙屋の子どもじゃないからで……。それに、浩介さんがうらやましがっていたのは、藤崎さんが自分より和紙にくわしいことじゃなくて、藤崎さんがお祖父《じい》さんお祖母《ばあ》さんに褒められていたことなんじゃ……？

「だいたい、藤崎産業を継ぐのは浩介だ。むかしからそう決まっていたし、浩介もそのことはわかっている。それでいいじゃないか」

そういうことじゃないんじゃないか。そう思ったけれど、うまく説明できない。

「どんなことでも僕に勝ちたい。そういう面倒くさいやつなんだよ。そういえばあのときも……」

藤崎さんが天井を見上げる。

「親戚《しんせき》の集まりで和紙の話になって……。僕はいろいろ話していたけど、浩介は黙ってしまって、あとでふたりになったとき、和紙なんて全部同じじゃないか、ってひとりでぶつぶつ文句を言ってたんだ。同じじゃないよなあ、って思いながら、浩介にも和紙のよさを知ってもらいたくて、今度和紙のことを教えてやろうか、って持ちかけてみたんだよ」

それは……まずいんじゃないか？

「どうなりました？」

おそるおそる訊いた。

「浩介は烈火のごとく怒った」

やっぱり……。

「大人になったいまはわかるよ。けど、当時は子どもだったし、親切のつもりだったんだ。だが、あの発言がまずかったのかもしれないなあ。浩介はプライド高いし……」

「いえ、自信があるわけではないんじゃないですか。どっちかっていうと、自信がないんじゃないかと」

「そうなのか？」

「自信がないから負けたくないという気持ちが強くなるんじゃないでしょうか。それに、勝ちたい、というより、褒められたい、ってことのような気がするんですけど」

「褒められたい……？」

「わたしは浩介さんのことよく知らないですけど、会社を継ぐとかそういうことじゃなくて、単に前社長や薫子さんに褒められたかったんじゃないかと思うんです。浩介さんから見たら、藤崎さんだけが特別な能力を持っていて、お祖父さんお祖母さんに愛されているように見えたんじゃないか、と」

「愛されている……？」

藤崎さんがぽかんとした顔になる。

「わたし、変なこと言いましたか？」

「いや、そうじゃない」

そう言って、少し黙った。

「浩介の家はきびしかったからな。親戚で集まったときも、伯父《おじ》や伯母《おば》にいつもあれこれ言われていた。その点うちは親がちゃらんぽらんというか……。そういえば、祖父母も浩介にはきびしかった気がする」

「長男の長男ですからね」

そういうこともあるのだろう、と思った。

「まあ、浩介は浩介でさびしかったのかもしれないな」

ふうっと息をつく。

「にしても、だ。僕へのあたりがきついのはいいとして、記念館不要論まで唱えているとなると、ちょっと行き過ぎだ」

「記念館不要論？」

藤崎さん、知ってたのか。

「僕の父の元部下で、親しくしている人がいてね。その人から聞いたんだ。浩介が陰で記念館不要論を掲げていると」

「そんな……」

ほんとは朝子さんから聞いて知っていたけれど、そこは黙っておくことにした。

「別に心配することはないよ。会社もそんなことで記念館を潰《つぶ》したりはしない。会社には利益追求だけじゃなくて、利益を社会に還元するという使命がある。もちろんコストとのバランスもあるからね、このビルが取り壊されたあと記念館が存続できる保証はないけど、そこはもう少しちゃんとした判断で動いているはずだ」

藤崎さん、わかってたんだ。ちょっと安心した。

「でもね、それは祖母の意向に背くことだし、一族のなかにそういう人がいる、っていうのは、なんていうのかな、社内の雰囲気を悪くする。だけど、僕がなにか言うと逆効果だろう？　だから浩介が絡む件からは距離をおいていた。今回のshizukuのことも、最初に淵山さんが来たときはかかわらないようにしよう、と思ってたんだよ」

ああ、だからあのとき、説明しなかったのか。いつもなら和紙の話になると熱中する藤崎さんが淵山さんに対してはほとんど説明しなかった。淵山さんがうつくしすぎて気後れしてるのかな、なんて思ってたけど、そういうことじゃなかったんだ。

「だけど、今回淵山さんと話して、ああいう人が和紙に興味を持ってくれたというのがすごくうれしくてね。ものづくりに賭《か》けている人だから、通じるものを感じてくれたんじゃないか、と思って」

藤崎さんが言った。

「それに、吉野さんのアイディアも。箱の蓋《ふた》に透かし和紙を貼る。僕には思いつかない考えだ。聞いていてわくわくしたんだ。これを実現したい、って。それに話をしているときの吉野さんの表情もすごくよかった」

「わたしの？」

ちょっとびっくりした。

「羽ばたいている、って感じがした。和紙が人の心を羽ばたかせる。すばらしいことじゃないか？ 淵山さんもすごくうれしそうだったし、自分はこういう瞬間のために仕事をしてるんじゃないか、って思えた」

藤崎さんの声は落ち着いていて、でも熱がこもっていた。

「だからさ、今回は浩介と戦おうと思ったんだよ。それでさっき、美濃の和紙職人とも相談していたんだ。吉野さんのアイディアは実現できると思う」

「ほんとですか」

「僕がいなくなったあと、さらに話が進んでいたのにはびっくりしたけど。でも、大丈夫。包装紙もディスプレイも技術的には実現可能だ。予算に応じてある程度調整もできるし」

shizukuのアクセサリーが和紙の箱にはいる。そしてディスプレイも。実現したい、と思った。

「ただ、問題は浩介だ」

藤崎さんが腕組みする。

「なんとかうまい具合に社内で根まわししてから本人に話を持ちかけようと思って、いろいろ策を考えてたんだが……」

やっぱりあのとき淵山さんを引きとめて、藤崎さんにあいさつしてもらえばよかった。わたしの責任だ。

「すみません。淵山さんに連絡して、浩介さんに話すのをもう少し待ってもらいましょうか」

いまならまだ淵山さんも浩介さんに連絡していないかもしれない。

「いちおうメールしてもいいが……」

藤崎さんはうつむいて、なにか考えているような表情になる。

「いや、やめておこう。すでに連絡してしまっていたら手遅れだし、連絡していなかったとしても、こちらから話を通すから連絡しないでくれ、というのもカッコがつかない。社内のごたごたを晒《さら》すことになる」

「でも、淵山さんが不愉快な思いをすることになったら……」

「いや、浩介はバカじゃないから、淵山さんに対して失礼なことを言ったりはしないと思うよ。文句を言う相手はたぶん僕だ。渕山さんじゃない。それにこっちも、根まわししてからって思ってたけど、別に策があるわけじゃないんだ。なにをしたってどうせ浩介は納得しない」

「どうなるんですか？」

「和紙を使わないプランをごり押しして、渕山さんをなんとか説得しようとするだろうな。うちに対しては嫌味全開の長文メールを送ってきて、手を引けって言うとか？」

「渕山さんが説得されてしまったら？」

「その可能性はあるよ。渕山さんもなにか察するだろうし、ことを荒立ててまで、って思うかもしれない。そしたらあきらめるしか……」

「それは嫌です」

即座にそう答えていた。言ってしまってから、なに言ってるんだ、と思ったけど、もう引っこめられない。

「だよなあ」

藤崎さんが笑った。

笑った……。

全然笑わない藤崎さんが……いまちょっとだけど、笑った。なんだかぽかんとして、力が抜けた。

「まあ、とにかく、今回は僕も折れるつもりはないよ。もし浩介が和紙プランをつぶそうとしてきたら、こっちも淵山さんを説得する。もう五時近いし、金曜だし、淵山さんも浩介に連絡するのは週明けにするかもしれない。淵山さんが連絡してたとしても、浩介が反応するのも週明けになる可能性が高い。それまでに策を練っておくよ」

藤崎さんはまたもとの冷静な表情に戻り、そう言った。

7

翌日は土曜日。記念館には朝からちらほらお客さまの姿があった。藤崎さんから先に昼食を取るように言われ、外でランチを食べ、すぐに記念館に戻った。

「あ、戻ったか」

館長室にはいると、仕事中の藤崎さんが顔をあげた。

「じゃあ、僕も昼食に行ってくるかな」

そう言って立ちあがろうとしたとき、外からノックの音がした。だれだ、と思う間もなく、ドアが勢いよく開く。

浩介さんだった。

「一成、どういうつもりだ」

館長室にはいるなり、浩介さんが大きな声で言った。

うわ、早い。動くのは週明けだと思ってたのに……。

「昨日、淵山さんから連絡が来て、パッケージの仕事を記念館に頼みたい、って言って来た。これはうちが受けた仕事だ。余計なことはしないでくれ、って言っただろう？」

語気が強い。すごい剣幕だ。

「仕事を取るつもりはないよ」

藤崎さんがあっさり言った。浩介さんが少しひるんだような顔になる。

「でも、どうしても和紙で、って……。昨日も記念館に行って、いろいろ相談したって。相談をうけるならなぜ先に断りを入れない？」

「断りもなにも、淵山さんから電話が来たのは当日の朝で……。連絡する時間はなかったんだ。それに商談に来たわけじゃなくて、記念館の見学にきたんだから。それは個人の自由だろ？」

藤崎さんはいたって冷静な口ぶりだ。

「なんにしても、だ。これは第一営業部の仕事だ」

「そうだよ。こちらも別に記念館の仕事にするつもりはない」

「でも、淵山さんは……」

「だから、和紙とパッケージ制作の手配はうちが行う。でも、担当はこれまでのまま第一営業部。それでいいじゃないか」

「え……」

浩介さんは黙った。

「淵山さんは和紙を使いたいんだ。そこを無理に曲げたら関係が悪くなるかもしれない」

「それはそうだが……」

浩介さんがもごもごと口ごもる。

「和紙以外のプランをごり押しして、他社に仕事を取られる方がまずいだろう？」

藤崎さんの言葉に、浩介さんはぐっと黙った。

「淵山さん、お前に感謝してたよ。忙しいなか、記念館に案内してくれた、って」

「そうなのか？」

浩介さんの表情が少しゆるむ。淵山さんはほんとはそんなことはひとことも言っていない。だがその言葉にはなにか効果があったみたいだ。

「まあ、このビルが取り壊されるときはこの記念館もどうなるかわからないしな。和紙部門がいつまで続けられるかもわからないわけだし……。まあ、あるうちに活用しとくのはいいんじゃないか？」

藤崎さんが言った。浩介さんは苦虫を噛《か》み潰《つぶ》したような顔になる。

「わかった。今回はそうしよう。だが今後は勝手なことをしないでほしい。パッケージやディスプレイの仕事、これまでも勝手に記念館で請け負っているみたいな話を聞くが、それは本来うちの仕事だ。今後は控えてほしい。だいたい記念館は……」

「そうそう。いつかなくなる予定だから」

藤崎さんが言った。しずかだが、有無を言わせない迫力があった。

そのあとは具体的な仕事の流れの相談になった。ふたりとも事務的に話を進めていて、親戚《しんせき》同士には全然見えない。わたしはそっと館長室を出た。

朝子さんの話では、浩介さんが記念館不要論を唱えはじめたのは、いまの部署に来てからだと言っていた。あれはつまり、記念館のパッケージ関係の仕事が浩介さんの部署の仕事とバッティングするから、ってことだったんだ。

浩介さんの部署は商品パッケージの仕事がメイン。記念館が馴染《なじ》みの客に和紙の手配をするくらいならいいが、本格的に商品パッケージの分野に手を出すのはまずいってことなのかもしれない。

でも、だとすると話はけっこう厄介である。浩介さんとぶつからないようにしていたら記念館の仕事はのびない。かといっていちいちぶつかるのも社内的にまずいだろう。今回みたいに浩介さんと連携するのは疲れる。直接の担当が浩介さんでなければ問題なかったんだろうけど……。

館長室から浩介さんが出てくる。わたしには目もくれず、さっさと帰っていった。

「終わったんですか？」

館長室のドアをあけ、なかを見た。藤崎さんはソファの背にもたれ、天井を見あげている。

「ああ、終わったよ。パッケージもディスプレイも予定通り進められそうだ」

「ほんとですか？」

ディスプレイも大丈夫だったんだ。ほっと胸をなでおろす。

「パッケージは表向き、浩介の部署の仕事になるが、材料の手配、デザイン、制作までこっちにまかせてもらうことになった」

「よく通りましたね」

「見積もりとか、今後のやりとりはふだんより面倒になるかもしれない。浩介が主導権を握ろうとするだろうから。でも、そんなのはなんとでもなる。ディスプレイは記念館の仕事でいいってさ。浩介の部署の仕事とは関係ないから」

藤崎さんが言った。

「浩介さんが記念館不要論を掲げるのは、記念館の仕事と浩介さんの部署の仕事内容がかぶってるからなんでしょうか」

「かぶってる、って言っても、全然ちがうんだけどな。うちでできることはかぎられてるからね。和紙の雰囲気を求める人なんて、全体から見たら少数派だよ。もとより量では勝てない。うちにできるのは、数少ないお客さまに仕事の質で応《こた》えることだけ。でも、それが必要な場面もあるんだ。浩介にはそのことがわからないんだな」

藤崎さんは、ため息をついて目を閉じた。

「今日は引きさがったけどね。要するに浩介は僕のことが気に入らないんだ。パッケージ関係の部署に来て、記念館の噂を聞きつけたんだろう。僕が目立てばどうせまた文句を言ってくる」

「どうすればいいんですか」

「どうもしないよ、いままで通り。浩介は僕のことを潰したいから記念館を潰したい。ただそれだけなんだ。つまり、記念館のことはどうでもいいし、なんの力もないと思ってる。いままで記念館がなくなるのは仕方がないことだってあきらめてたところもあったけど、なんだかふつふつと残さなければいけないという気持ちになってきた」

藤崎さんがつぶやく。

「わたしも絶対に負けたくないです」

思わずそう言っていた。

「これは勝ち負けの問題じゃない。この前も話したけど、あいつが騒いだくらいで記念館は潰れたりしない。会社がここを大事にしているからじゃないよ。ここを片づける、ってことになったらそれこそ費用がかかるし、反対する人だって出るだろう。そういう面倒ごとは避けたい。ただそれだけ」

藤崎さんの声はあくまでも冷静で、でもその声がいつもより力強く聞こえた。

「問題はここが取り壊されるとき。ここがなくなっても記念館を存続させるということは、あたらしい場所が必要になるってことだ。費用もかかる。そのとき生き残れるか」

「そうですね」

深くうなずく。

「守らないといけない、って気がして来たんだ。これは和紙のための戦いだ。だれかと争ったり、怒ったり、闇雲に拳《こぶし》を振るうことじゃない。和紙が必要だ、これを守らなくちゃいけない、みんなにそう思わせなくちゃいけない」

「そのためにはどうすれば……」

「吉野さん、言ってたじゃないか。和紙はすごい、みんな知らないだけで、だれだって目にしたらきっとすごいと感じる、って」

藤崎さんがじっとわたしを見る。はっとした。あの高島屋の屋上でのことだ。わたしはたしかにそう言った。

「それに……。『紙はむかしから強い力を宿すものだった』。そうだろう？」

ああ、そうだ、と思った。

父の言葉だ。父が小説のなかに書き残した言葉。

ふいに、父の背中が見えた気がした。毎日毎日紙に向かって言葉を書きつけていたその背中が。

「だから力まなくていいんだ。僕たちはただそれを人々に知らせればいいだけ」

高島屋の屋上のときと同じ言葉だ。

「でも、全力で向かわないと、時の流れには負けてしまう。だから、浩介に遠慮してる余裕はない。僕は記念館を守ると決めた」

歴史があるからというだけじゃない。和紙には、いまの人を惹《ひ》きつける力もある。和紙の底にある力をすくいあげて、人々に見せる。

「はい。わかりました。がんばります」

声がふるえた。藤崎さんがうなずき、少し笑った。

第三話　物語ペーパー

1

十月後半は小冊子研究会の冊子のレイアウトに明け暮れた。

前回までレイアウトの大部分を引き受けてくれていた坂本泉《さかもといずみ》先輩は、今年は四年。サークルは引退しているし、卒論の真っ最中だから質問もはばかられる。だが代わりに、一年の石井さんが大活躍だった。

お姉さんがグラフィックデザインの仕事をしているそうで、レイアウト用のソフトも持っているし、石井さん自身もお姉さんの影響で高校時代から同人誌やＳＮＳ用のスタンプを作ったりしている。

スイーツ擬人化というちょっと変わったテーマで、スタンプ、同人誌、グッズなどを展開、すでにファンもたくさんいるらしい。最近は和菓子にはまっているようで、和菓子擬人化キャラもけっこうできているようだ。

石井さんと松下さんの甘味処ページは、記事のほかに松下さんの短歌と石井さんの和菓子キャラがならぶというカオスな造りだが、にぎやかでかわいくて、完成度の高さにみんなあせった。

乾くんは文章メインのかっちりしたページを自分でそつなく作り、森沢先輩のページは石井さんが写真と文章を組み合わせて凝った形に仕上げた。西園先輩のページは西園先輩自身が手書きの文字とイラストで作成。なんだかふんわりした不思議なページだが、これはこれでいいんじゃないか、ということになった。

莉子も夏休み中に泉先輩からレイアウトソフトの使い方を教わったらしい。もともとセンスがいいからか、はじめてなのに写真の配置などもなかなかきれいにできている。結局わたしは文章やキャプションを書いただけ。もの作りは好きだし得意な方だけど、パソコンでの作業はなんだか手触りがなくて感覚がつかめなかった。

表紙も石井さんが作成。日本橋の橋の上を和菓子や博物館の擬人化キャラが練り歩くイラストで、インパクトがすごい。これは売れる、文芸部や立花ゼミにも勝てる、とみんな盛りあがった。

十一月のはじめに印刷所に入稿。ほっと一息だ。

金曜日のお昼休み、女子部員たちが部室でお弁当を食べていると、泉先輩と真琴先輩が久しぶりにやってきた。ふたりとも入稿した冊子のデータを見て、すごくいいね、と褒めてくれた。

「これでとりあえず冊子は一段落なんですけど……」

莉子が言った。

「今度はポスターとチラシだね。部屋の装飾も考えないといけないし……」

泉先輩が言う。

「問題はどうやって人を呼びこむか、だよね」

小冊子研究会は弱小サークルなので、文芸部のように文芸喫茶で客を呼び、お茶やお菓子などの飲食物と机と椅子という休憩スペースを提供、そのかたわらで冊子も販売なんてことはできない。

もちろん、歴代の冊子の展示とともにゼミでの研究成果を発表する立花ゼミみたいなこともできない。なにしろ小冊子研究会はゆるいのが売りのサークルなのだ。

「毎年やってる小冊子図書館はやるとして……」

莉子がつぶやく。小冊子図書館とは、部員が各地で集めてきたリトルプレスを展示、閲覧できるスペースのことである。机と椅子もあるので、歩き疲れた人が休憩がてら座って冊子をぱらぱらめくっていくことも多く、それなりに集客力がある。

「やっぱりノベルティもあった方がいいんじゃないの？」

泉先輩が言う。

「ああ、ノベルティ！　そういえば去年も栞《しおり》とか作りましたよね」

莉子が答えた。

「石井さんの和菓子ちゃんたちのグッズとか」

「それ、いい！　わたしもほしい！　ぬいぐるみとか？」

真琴先輩の提案に、泉先輩が声をあげる。

「ぬいぐるみ、作れますよ。即売会で何度も作ったことありますし」

お弁当の卵焼きを食べながら石井さんがつぶやいた。

「ほんと？　わたしもほしい！」

莉子が飛びつく。

「こういうのです」

石井さんがスマホの写真を出した。

「かわいい〜。けど、これはもはや商品だね」

「ですね。即売会でも販売してましたから。雑誌よりよく売れて、すぐに完売しちゃうんですよ」

「そっか……。作れる量にも限りがあるしね。タダでは配れないか」

真琴先輩が残念そうな顔になる。

「これはこれで販売してもいいんじゃないですか？　型紙だけ石井さんに作ってもらって、みんなで手分けして縫えば……」

「大きいのが入口に飾ってあったら、みんなはいってくれるかもよ」

真琴先輩が言った。

「いいね、それ。けど、大学祭までの時間を考えると、そこにだけ労力をかけてる場合じゃや、ないかもね」

「だよねえ。ポスターやチラシもあるわけだし……」

「あと、ノベルティ」

「そうだよ、ノベルティ作らないと。小冊子研究会なんだし、ノベルティもやっぱり小冊子に絡んだものがいいんじゃない？」

「ということは、やっぱり紙ものかな。定番の栞……？」

莉子が首をひねる。

「ブックカバーとか？」

石井さんが提案する。

「ブックカバーは紙代かかるよ。それに、デザインとかもむずかしそうだし」

「そうですねえ」

「ポチ袋も原価かかるよね。うーん、意外とないなあ。栞しかないのかな、やっぱり」

莉子が言った。

「そうなんだよね、栞って小さいけど意外と大事にしてもらえるような」

「じゃあ、和菓子ちゃんの栞？」

「いいですけど、印刷はどうしますか？　コピーだと悲しいし、印刷するとなるとお金が……」

たしかに少部数だと高くつく。

「前に百花にもらった栞もよかったなあ。あれ、まだとってあるよ」

泉先輩がわたしを見る。

「ほんとですか？」

なんだかうれしくなった。

「そうだよね、ああいう紙小物は百花がうまいし。それに今回は冊子のなかに和紙も出てくるから、和紙がらみのノベルティもいいんじゃない？」

真琴先輩が言った。

「そっか。そしたらそれでいこうか。森沢先輩たちも賛成する気がする。和紙の栞……？　百花、なんかいいアイディアない？」

莉子が訊《き》いてくる。

「うーん、そうだなあ。量産しないといけないから、あまり手をかけずにそれなりにいい感じに見えるもの、ってことだよね……」

じっと考える。男女問わず、ほしいと思えるもの。安くて簡単に作れるもの……。

「前に泉先輩に渡した栞、貝シートを切って貼るのはけっこう面倒なんだけど、エンボスだけだったらわりと簡単かな」

「ああ、エンボス。きれいだよね……」

「うん。貝が貼ってないところの感じもよかった」

泉先輩がつぶやく。

「たしかにきれいだけど、よく見ないとわからない、っていうか……。ノベルティってもっとこうわかりやすいものの方がよくない？　それに小冊子研究会だから『紙』だけじゃなくて、文字とか、印刷されたものがはいってた方がいいかも」

　真琴先輩が言った。

「たしかにそうですねえ。なんだろう、和紙と、文字……」

　和紙になにか印刷する？　美濃和紙のお店にはインクジェットで印刷できる和紙もあった。あれを使えば印刷できるだろう。でも、なにを印刷すれば……。

　考えていると予鈴が鳴った。

「あ、もう行かないと。三限は遅刻できないんです」

「わたしたちも行かないと」

　一年ふたりが立ちあがる。

　泉先輩と真琴先輩がカバンを持った。三限がゼミらしい。卒論指導も佳境にはいっていて、絶対休めないのだと言っていた。

「これでしばらく部室には来られないと思うけど。大学祭の日は行けたら行く」

「わかりました。大丈夫です。あとは自分たちでなんとかします」

　真琴先輩が言った。

「卒論、がんばってください」

「ありがとう。準備、がんばってね」

　みんな口々に言って、ばたばたと部室を出た。

2

土曜日はバイトで記念館へ。お昼過ぎにgarden diaryシリーズの箱の見本ができあがってくるので、新作発表会のディスプレイの相談も兼ねて、淵山さんが来館する予定だった。

お昼を早めに食べて記念館に戻ると、館長室にはもう淵山さんがいて、納品に来た箱屋の上野《うえの》さんと向かい合ってソファに座っていた。

「箱、できたんですね」

「できましたよ。ちょうどいま開けようとしていたところです」

上野さんがにっこり笑った。

上野さんはもう七十代。むかしからずっと奥さんとふたりで箱作りで商売している。藤崎さんは上野さんをとても信頼していて、むずかしい箱を作るときはいつも上野さんに頼むらしい。八十八夜の貝殻の小箱のときも、箱作りは上野さんにお願いしたのだ。

そのときは上野さんとのやりとりはすべて藤崎さんひとりで行ったのだが、今回はわたしも立ち会った。プランを説明したとき、今回もまたずいぶんむずかしい箱ですねえ、と上野さんは笑いながら頭をかいていた。

箱の蓋《ふた》に薄い和紙をぴんと張る。障子貼りと同じで、紙がたるまないようにするのはなかなか神経を使う仕事らしい。実際に作業をするむずかしさまで考えていなかったなあ、と深く反省した。

——まあ、でも、むずかしければむずかしいほどやりがいはありますよ。これなら退屈しないですみそうだ。

あのとき上野さんはそう言って笑った。

「いやあ、面白そうだと思って引き受けちゃったけど、予想以上にむずかしくて。うまくできているか……」

上野さんが包みをあける。どきどきした。淵山さん、藤崎さんもじっと見守っている。

白い箱が出て来た。みんな息を呑《の》む。

「きれい……」

ややあって、淵山さんの声がした。

真っ白な紙。蓋には茂みのような透かし和紙。美濃市の和紙職人さんが特別に漉《す》いてくれたものだ。天井の照明で、箱の底には葉の形の影ができている。

「いやあ、素晴らしいですね。やっぱり上野さんの腕はたしかだ」

藤崎さんがうなずく。

「大変なものを引き受けて来た、って、妻に怒られちゃったんですけど……」

上野さんが苦笑いする。

「なにしろこの蓋に使った和紙がねえ、薄くて、ぴんと張りすぎると破れちゃいそうだし。でもあまりにもきれいで、一枚も無駄にできない、絶対に失敗できないなあ、って。でも妻も楽しそうでしたよ」

「いつもいつもすみません」

藤崎さんが言った。

「ほんとにありがとうございます。この箱に商品を入れられるなんて、感激です」

淵山さんがにっこり微笑む。

「とりあえず半分をお店の方にお届けします。一度に全部はとてもできない。あと半分は小分けで納品でお願いしたいんですが」

「はい、大丈夫です。このシリーズはこちらもそんなにたくさんは作れませんから」

garden diaryシリーズは、すべて淵山さんの手作り。限定販売で、これまでのshizukuの商品に比べるとかなり値も張る。それでも雑誌に取りあげられてすでに話題になっていて、発売したらすぐに完売してしまうのではないか、と叔母《おば》は言っていた。


上野さんが帰ったあとは、淵山さんと新作発表会のディスプレイに関する確認作業をした。木や草の葉をかたどった透かし和紙を天井から吊《つ》るし、窓を飾る。デザインは決まり、型も作って、あとは漉いてもらうだけになっていた。

「おかげさまで発表会も良いものになりそうで……。なにからなにまでありがとうございました」

淵山さんが頭をさげる。

「あとで招待状をお送りしますから、吉野さんもお友だちや叔母さまを誘って来てくださいね」

「え、いいんですか？」

ちょっとどきどきして訊き返した。たぶん打ち合わせのあいだに叔母や先輩たちの話をしたからだろう。発表会は十二月半ば。卒論提出期限の次の土日だ。先輩たちもその日なら来られるかもしれない。

「もちろんです。ぜひ」

淵山さんがうなずいた。

「あ、そうだ」

思い出したように言って、バッグの横の紙袋を開ける。

「着いたらもう上野さんがいらっしゃっていて、すぐに打ち合わせになっちゃったから忘れてました。こちら、小さいものですけどどうぞ」

紙袋から小さな包みを取り出し、藤崎さんとわたしにひとつずつ差し出した。

「かわいいですね」

おしゃれな紙の包みだ。なかにお菓子がはいっているのが透けて見えた。

「来る途中に見つけて。クッキーなんですけど、包みがかわいくて、つい……」

「ああ、これは蠟《ろう》引《び》きですね」

袋を見た藤崎さんが言った。

「蠟引き？」

　わたしは訊《き》いた。

「ワックスペーパーとか、パラフィン紙とも言われてて、紙に蠟を染みこませて作るんだ。蠟が浸透することで強度が増すし、耐水性や耐油性が出るんだ。表面がつるつるで半透明になっているのも蠟のせい」

「つまり、これ、紙なんですね」

　袋を見てつぶやいた。紙なんだろうとは思ったが、ふつうの紙とは質感が全然ちがう。うっすらと透けて、濡《ぬ》れたような質感。さわるとつるつるしている。

「そう。水や油に強いからむかし魚屋ではこれに入れて魚を売ってたんだよね。食べ物に接触しても安全だし。いまはそういうのは全部ビニールやプラスチックトレイに取って代わられたけど」

「でも、お菓子やサンドイッチの包み紙として使うお店もありますよね。おしゃれだし、ナチュラルな感じも出るし。折り目をつけるとアンティークっぽい雰囲気になる。アクセサリーの包装にも使ってみたいです」

　淵山さんがつぶやいた。たしかにその通りだ。折れたり皺《しわ》が寄ったりしたところには白い筋ができるのだが、それもまた風合いがあっていい。

「透ける感じが独特ですよね。蠟引き自体は簡単なんですよ。ロウソクとアイロンがあれば自分でもできる」

「自分でも？」

　思わず訊いた。

「材料はふつうのロウソクでいいんだ。熱を加えて溶かして、それを紙に染みこませる。ただそれだけ」

「それでこんなふうになるんですか？」

　淵山さんも訊いた。

「原理的には。工場では機械を使いますけどね。そうそう、和紙の蠟引きもむかしはさかんに行われていて……。かつては謄写版印刷にも使われていたんですよ。謄写版印刷、わかりますか？」

　聞いたことのない言葉だ。わたしは首を横に振った。

「ガリ版印刷のことですよね」

　淵山さんが言った。

「そうです。よく知ってますね」

「祖父から教わったんです。むかし教師をしていて、それでテストやプリントを作っていたとか」

　藤崎さんによると、謄写版印刷、別名ガリ版印刷は簡易印刷の手法で、もともとは欧米で開発されたものだが、明治期に日本に導入され、独自の発展を遂げたらしい。

蠟引きした和紙をヤスリの板の上に置き、鉄筆で引っ掻《か》く。引っ掻かれた部分は蠟が削れ、そこからインキが通ることで印刷される仕組みだ。

　昭和四十年代くらいまでは、学校のプリントなども教師がこの謄写版印刷を使って自分で印刷していたがその後、コピー機などの登場により姿を消した。

「謄写版印刷の原紙は、薄い雁皮紙《がんぴし》に蠟引きしたものだったんです。これを作るのもなかなか特殊な技術で。なにしろ薄いですから。当時は仕事がたくさんあったからあちこちで作られていたけど、謄写版がなくなったことで原紙も必要なくなってしまった」

「じゃあ、いまは原紙を作ることはできないんですか？」

「いえ、まだいくつか作れる工場が残ってます。謄写版印刷は原紙を直接引っ掻いて版を作るので、ほかにはない味わいもある。だから復興したい、と考えている人もいるみたいですよ」

「わたしも祖父が保存していたプリントを見せてもらったことがあって……わら半紙に刷られていて、文字も手書き。でも、なんだかやわらかくて、手作り感があって、いいなあ、って思いました」

　謄写版印刷。見たことがない。むかしは学校のプリントやテストも先生たちの手作りだったのか。明治から昭和中期まで量産されていたものだったのに、いまはもう見ることもない。レコードやカセットテープの話も聞いたことがあるし、技術が発達するというのはそういうことなのかもしれないな、と思った。

家に帰り、淵山さんからもらったクッキーを机に出す。中身は母が帰ってからいっしょに食べよう。だが、袋の方が気になった。

蠟引き……。ロウソクとアイロンがあれば自分でもできる、って言ってたっけ。

自分の部屋にカバンを置き、部屋着に着替える。そのままリビングに戻り、スマホで蠟引きを検索した。「自分でできる蠟引き」「おしゃれな蠟引き紙の作り方」など、自分で蠟引きする方法を紹介したブログがいくつも出てきた。

蠟引き紙とは蠟を浸透させた紙。蠟がしみこむことで耐水性や耐油性が出る。藤崎さんが言っていたのと同じことが書かれている。家庭でも良く使われるため、百均ショップなどでも売られているらしい。

クッキングシートとは似ているがちがう、とも書かれていた。蠟引き紙もクッキングシートと同じように水や油を弾《はじ》くが、蠟は熱すると溶ける。だから加熱調理には使えないらしい。

なるほど、と思いながら読み進めていくと、蠟引き紙を作るための材料が出てきた。紙、ロウソク、茶漉《ちゃこ》し、アイロン、クッキングシート、新聞紙、捨てても良い布。どれも家にありそうだ。

ロウソクは……。たしかホームパーティーで使ったキャンドルが物入れに大量に残っていたはず。ほかの道具や材料もあちこちからかき集めて来た。紙はどうしよう。和紙もあるけど、最初は失敗するかもしれないし、もったいなくて使えない。

　いろいろ考えた末、まずは練習ということで、クラフト紙っぽい色合いのメモ用紙、とってあった包装紙、書き損じたけど捨てられずに残してあった便箋《びんせん》の切れ端などを使うことにした。

　ブログには、蠟引きしたあとはインキはのらないので、印刷は蠟引きの前に、と書かれている。ついでにいうと、蠟引きしてしまうと糊《のり》で貼ったりすることもできなくなるらしい。ふむふむ、と思う。まずは練習だからシンプルに蠟引きだ。

　ブログを見ながら準備していく。まずは茶漉しでロウソクを削る。カッターナイフで削ってもいいが、それだと大きな塊になってしまう。茶漉しにロウソクをこすりつける方が細かい粒子になって仕上がりがいいらしい。

　茶漉しなんかで削れるのか、と思ったが、山芋をすり鉢でおろすような要領で蠟をくるくるこすりつけていくと、蠟は意外とやわらかく、するすると削れていく。時間はかかるけれど、少しずつ白い粉が増えていった。

　とりあえず、これくらいでいいかな？　こんもりと小山ができたところで手を止める。ブログには蠟が多すぎると失敗する、少なくてもあとで足せばいいと書いてあったし、なにより、早く試してみたかったのだ。

　アイロン台の上に捨ててもＯＫの布を置き、クッキングシートをのせる。そしてその上にメモ用紙。紙が大きいと均一に蠟引きするのがむずかしいかも、と思って、名刺くらいの大きさに切ったものを置く。

それからさっき削った蠟《ろう》を紙の上に散らした。ブログには、薄くまんべんなく、と書かれているが、どのくらいの量なのかいまひとつわからない。蠟の粉を均一にまくのも意外とむずかしい。

こんなもんかな。紙全体に粉が行き渡ったところで、アイロンのスイッチを入れる。温度は低。蠟ののった紙の上にクッキングシートを重ね、その上にもう一枚布を置く。なんだかどきどきする。

あたたまったアイロンを布にのせた。しばらくじっと上から押す。片面からアイロンをかければ、蠟が中を通って裏まで浸透するので、ひっくり返す必要はないらしい。これで溶けたかな？　加減がわからない。アイロンを外し、そうっと布とクッキングシートをめくる。

透けた！

端の方はいい具合に透けている。いい感じ、と思ったが、真ん中は白い蠟が紙の上に固まり、べたっとしている。

ああ、これは蠟が多すぎるんだな。なるほど、思ったより少なくてもいいみたいだ。固まってしまったものをきれいに剝《は》がすことはできそうにない。最初は少なめにして、足りなかったらあとから足せ、というのはそういうことか。

布とクッキングシートの上に、別の紙を置く。さっきより少なめに蠟をまき、クッキングシートと布を重ねてふたたびアイロン。めくってみると、今度は全体に透けているが端の方まで行き渡っていない。

何度か試行錯誤して、ようやく均一に蠟引きできた。淵山さんからもらったお菓子のパッケージと同じように半透明になっている。

おおお、いい！

つやつやと濡《ぬ》れたような感じ。透けて、繊維のムラのようなものが見える。古文書のような質感だ。くしゃくしゃっとすると白い筋がついて、ますますアンティークっぽさが増す。

家じゅうからあれこれ紙を持ってきて試した。

柄のはいった懐紙は柄の部分がほぼ透明になり、つるつるした質感に変わった。新聞紙も半透明になり、裏の文字まで透けて見える。雑誌のカラーページも透けて、裏側のインキの色と重なって不思議な雰囲気だ。

面白い。

いつのまにか机の上は蠟引きされた紙でいっぱいになっていた。

ああ、そうだ。これを栞《しおり》にしたら……。大学祭のノベルティ。すっかり忘れていたが、これなら量産できるし、手間や値段のわりに特別感のある仕上がりになる。

和紙じゃないけど、小冊子研究会の栞だし、文字が印刷されている紙の方がいいかも。

新聞やチラシを蠟引きしたものを選び出す。透けていることがわかるように白い紙の上に置いて写真を撮り、この前ノベルティのことを相談したメンバーに送った。

　しばらくして次々に、これいいね、やってみたいです、という返事がきた。森沢先輩たちにもメッセージを送り、ノベルティは蠟引きの栞、火曜の部活で蠟引き講習会を行う、ということになった。

3

　翌日の日曜も朝から記念館へ。開館時間前に藤崎さんとミーティング。

　莉子のアイディアで記念館の展示についてもＳＮＳで告知するようになり、九月から受付近くのスペースで季節の展示をはじめた。ずっと同じ展示だと飽きてしまう、告知するにもときどき展示内容を変えた方が話題を呼びやすい、と言われたのだ。

　単純なことだがこれが意外と好評で、月ごとに展示を替えると前に来たお客さまがまた来てくれた。最初は展示だけだったが、試しに季節の商品を和紙店から取り寄せて受付近くに置くとけっこう売れた。

　ガラスケースなどはないので、基本的に販売はわたしがいる土日だけ。平日は展示のみでグッズは販売しない方針だった。夏休みや春休みなど、わたしが毎日はいれるときだけ平日も販売を行う。今後売り上げがのびて平日にもバイトを雇えるようになったら毎日営業してもいいと言われたが、それはまだまだ先の話だ。

十一月には紅葉した葉入りの和紙を展示、秋らしい柄の懐紙やレターセット、一筆箋《いっぴっせん》などを取り寄せて置いた。秋は手紙を書きたくなる季節なのかもしれない。記念館オリジナルの組子障子のカードも売れ行き好調だった。

そろそろ十二月。巷《ちまた》はクリスマスムードだが、記念館ではクリスマスよりお正月の展示と商品に力を入れることになった。

年賀状、お年玉袋、和紙を使った食卓の演出に手作りのお正月飾り。水引で作った色とりどりの箸置《はしお》きも置く。紙垂《しで》の由来や折り方を紹介するパネルも作った。今日は受付をしながらそのディスプレイも決める予定だった。

そろそろ次の紙こもの市の商品も考えなければならない。浩介さんの一件があったからだろうか、藤崎さんも商品開発に熱意を持ちはじめたようだ。それは良いことだが、アイディアに対してぐっときびしくなり、なかなか通らなかった。

開館時間になり、受付に出る。午前中はお客さまは少ない。ぽつんぽつんとやってくる程度なので、お昼までに季節コーナーの模様替えをしてしまおうと思っていた。

秋の展示を外し、お正月の展示に替える。お正月の商品はまだ一部しか届いていないから、秋の商品も端に残し、真ん中にお正月商品、反対に記念館オリジナルグッズを置く。彩りや大きさなどバランスを考えながら商品を配置した。

これまでは秋らしく落ち着いた暖色系がメインだったが、白や赤、金などお正月らしい色が増えるとだいぶ雰囲気が変わった。

「あら、お正月の展示に替わったのね」

年配の女性ふたり連れが受付にやってきた。

「もう年末。早いわねえ」

「この色を見てると、お正月って感じがするわよね。今年ももう終わり、って」

「気持ちが引き締まるわよね」

楽しそうに話している。

たしかに神聖で、見ていると気持ちがあらたまる。不思議だ。白、赤、金を見てこう感じるのは日本人だからなのだろうか。色のイメージというのは、子どものころからの習慣で決まるのだろうか。

「お年玉袋とかはないのかしら」

片方の女性が訊《き》いてきた。

「お年玉袋も出す予定なんですが、まだ届いていないんです。来週の週末には届いていると思います」

「じゃあまた来ようかな。お正月、孫に渡すの。小さいころはキャラクターものばっかりだったけど、もうみんな中学生だし、少し大人っぽいものにしないと」

「そうね、うちは女の子が多いから、みんなけっこう袋にこだわるのよね。去年のことちゃんと覚えてて、同じのを使うと、またこれ？　なんて言われちゃう」

女性たちがころころ笑う。

「商品写真ならございます。ご覧になりますか」

あわてて商品管理用のタブレットを取り出した。

「え、ほんと？　見てみたいわ」

「水引の飾りをつけたものや、木版で刷ったものもございますし」

お年玉袋の写真をめくりながら説明する。

「あら、これ、かわいいじゃない？」

「うん、大人っぽいデザインで素敵」

ふたりとも写真をじっと見つめる。

「こちらは落水紙という透ける紙を使いまして、別の色の紙と重ねたものです」

わたしが選んだ商品だ。別色の紙と言っても強い色ではなく淡い色と重ね、ほんのり模様が浮きあがる程度のところが気に入っていた。価格は高いが、きっと売れると思って仕入れることにしたのだ。

「これは上品ね」

「素敵。孫じゃなくて、わたしがほしくなっちゃう」

またしてもふたりでころころと笑った。

ふたりともきっとお正月をすごく楽しみにしているんだな、と思った。

飯田《いいだ》の祖父母のことを思い出す。祖母も、三年前に亡くなった祖父も、お正月に会うとすごく晴れやかな顔をしていた。みんなで集まって、いろんな話をして、おせちを食べる。もう祖父はいないけど、集まっていると祖父の姿が見える気がした。

「ほしいわねえ、これ」

「うん、もう高いけど、年に一度だからいいわよねえ。自分用にも買っちゃおうかな」

「自分用？　なにに使うのよ」

「いいじゃないの。自分へのごほうび」

ふたりはからからと笑った。

「じゃあ、もう一度来る？」

「うん、来るしかないない」

おたがいにうなずき合っている。

「来週、出るんでしょ？　すぐになくなっちゃう、なんてこと、ないわよね」

「そうですね、ある程度多めに発注はしてありますし、欠品しても追加で注文できるとは思いますが……」

「それじゃ、危ないよね」

「そうねえ。取り置きとか、してもらえるのかしら？」

「お取り置きですか？」

そこまで考えたことがなかった。販売スペースが開いているのはわたしがここにいる土日だけ。その日に来てくれればいいけど……。

「少々お待ちください。確認してまいります」

館長室に行き、藤崎さんに事情を話す。名前と個数を控えておけば平日でも自分が対応する、取り置いておき、実物を見て納得したら買ってもらう、ということになった。

「大丈夫だそうです。取り置いておきますが、ご購入は実物を見ていただいてから、ということで。わたしは水曜の午後と土日しかおりませんが、不在でもほかの者が対応いたします。お名前と個数を教えていただけますか」

「わあ、よかったねえ。じゃあ、もう一度来なきゃ」

「そのときにはお正月関係の品物がまた少し増えていると思います」

「ええと、いくつ必要かな」

ふたりは指を折って数えはじめた。

昼過ぎにディスプレイを終え、受付を藤崎さんと交代して館長室でお弁当を食べた。以前はほとんど来館者もなかったから藤崎さんはほとんど館長室にこもりきり、館内に設置されたカメラを見て必要な時だけ顔を出すという形だったが、最近は商品も出ているのでそういうわけにもいかない。

わたしも以前はお弁当を持って来ていても外に出て食べることが多かった。藤崎さんが仕事をしている同じ部屋でお弁当を食べるのは気が引けるからだ。だが最近は、わたしの昼食時は藤崎さんが受付に行くから、気兼ねなく館長室でお弁当を食べることができた。

その代わり、お昼休みはどうしても短くなる。一時間しっかり休憩を取って、と言われてはいるが、藤崎さんが受付にいると思うとどうも落ち着かない。それで結局館内に戻り、受付周りを整理したり、和紙のサンプルを整えたりしていた。

お弁当を食べながら、ぼんやり午前中のことを思い出していた。お年玉袋の取り置きを頼んだ女性のあとも、何人かお客さまがやってきて、お正月商品をのぞいていった。季節のコーナーに足をとめる人がいつもよりかなり多かった気がする。

これからのシーズン、普段より和紙の商品が売れるんじゃないだろうか。考えてみれば、年に一度の和紙シーズンである。年賀状もあるし、お年玉袋だって。ここで売らないのはもったいない。

平日はどうしてもお客さまが少なくなるけれど、今日の年配の女性のように曜日が関係ない人もいる。平日の方が出かけやすいという人だっているだろう。

といっても、わたしも大学は休めない。藤崎さんには藤崎さんの仕事があるし、一日じゅう受付にいてもらうわけにはいかない。もうひとりバイトを雇えれば……。でも、そのためには売り上げをのばさないと……。

売り上げをのばすためにはバイトが必要で、バイトを雇うには売り上げをのばさなければならない。堂々めぐりである。

まあ、とりあえず今年はこのまま行くしかないか。今年がんばって実績をあげれば、来年の年末にはバイトを雇えるかもしれない。

食べ終わったお弁当箱と湯呑《ゆの》みを洗い、館内に戻った。

四時過ぎ、来館者が少なくなってきたころ、男の人がひとり受付にやってきた。藤崎さんより少し年上くらいだろうか。眼鏡をかけていて、ラフなジャケットとジーンズ姿だが、細身なのでよく似合っていた。

「すみません、館長いますか？」

受付にやってきて、そう言った。

「はい、館長室におります。お名前、いただけますか？」

「綿貫《わたぬき》って言ってもらえばわかると思います」

眼鏡の奥の目がにこっとする。だれだかはわからないが、感じのいい人だ。

「わかりました。少々お待ちください」

立ちあがり、館長室をノックした。藤崎さんはいつもながらむずかしい顔をしてパソコンに向かっている。

「すみません、綿貫さんという方がお見えです」

「綿貫……？」

首をかしげ、館内映像に目を移す。

「藤崎さんよりちょっと年上くらいの男の方です。背が高くて、眼鏡をかけていて……」

「ああ、綿貫先輩。突然どうしたんだろう。いいよ、こっちにはいってもらって」

藤崎さんが不思議そうな顔をした。でも、なんだか少しうれしそうだ。受付に戻り、綿貫さんを案内する。しばらくして、館長室から楽しげな声が聞こえてきた。藤崎さんの声もいつになく弾んでいる。

めずらしいなあ、藤崎さんがこんなに楽しそうに喋《しゃべ》っているなんて。綿貫さんってどういう人なんだろう。先輩、と言っていたから、大学時代の先輩だろうか。あるいは高校時代？

四時半を過ぎ、最後の来館者が出て行ったので、受付をしまいはじめた。

「吉野さん」

館長室の扉が開き、藤崎さんの声がした。

「お客さんはもうみんな帰ったよね？」

「はい。もうしまいはじめているところです」

「じゃあ、とりあえず入口だけ閉めて館長室に来て。綿貫さん、紹介するから」

「わかりました」

入口の扉を閉め、受付を簡単に片づける。

館長室にはいると、綿貫さんと藤崎さんがソファに向かい合って座っていた。机の上には記念館のオリジナルグッズがならんでいる。

「吉野さん、紹介するよ、こちらは綿貫伸一郎《しんいちろう》さん。僕の大学時代の先輩だ」

「綿貫です。はじめまして」

綿貫さんが軽く頭をさげる。

「吉野百花です。記念館でアルバイトしてます」

深くお辞儀し、藤崎さんにうながされてソファに座った。

藤崎さんの話によると、綿貫さんは美術史のゼミの同窓生らしい。綿貫さんは二年先輩で、藤崎さんがゼミ生だったころティーチングアシスタントとして何度か教授の手伝いに来ていた。

「藤崎くんはめちゃくちゃ優秀でね。はじめて会ったとき、なんで三年なのにこんなにできるんだ、ってほんとびびったんだよ」

綿貫さんがほがらかに言う。

「そんなことはないでしょう。あのころの僕は、ゼミでほとんど発言しなかった」

藤崎さんが冷静に答える。

「いや、たしかに口数は少なかったけど、ときどき発する言葉が鋭くて、教授もたじたじだったじゃないか。だいたい、藤崎くん、発言するときも全然笑わなかったし」

綿貫さんが笑った。むかしからそうなんだ、とわたしもちょっと笑いそうになった。

「そうでしたっけ？」

「笑わなかったよ、全然。だけど、それ見てたら、いつも無意識ににこにこしちゃうけど、必要以上に笑わなくてもいいよな、みたいな気持ちにもなって。とにかく藤崎くんを見てると、はっとさせられることが多かった」

たしかにその通りだ。わたしも人前でついつい意味もなく笑顔を作ってしまうことがある。がんばりすぎて、ひとりになってから頬の筋肉が痛くなっているのに気づく。社交的に、というのもあるけど、笑顔を作ることで自分を守っているのかもしれない。

「そんなむかしのことはいいじゃないですか」

藤崎さんは笑わずに言った。

「変わってないね」

綿貫さんがわたしの方をちらっと見て、目配《めくば》せするようにしてちょっと笑った。わたしも思わずちょっと笑った。なんだかこの人とは話が合う気がした。

「それでね、綿貫さんは大学を出てしばらくは大企業で働いてたんだけど、どうしても本の店をやりたくて、脱サラしたらしいんだ」

藤崎さんが言った。

「本のお店？」

綿貫さんを見た。

「そう。でも、大手チェーンの書店じゃないよ。祖父母の家が本屋でね。田舎の小さな駅の商店街の本屋。本だけじゃなくて、文具なんかもいっしょに売ってるような。町で唯一の本屋だったんだけど、僕が大学を出るころ閉店した」

綿貫さんが息をつく。

「祖父母が年だったこともあるけど、そういう町の本屋がどんどんなくなっている時期でね。本が売れなくて、子どもたちもそれぞれ就職して店を継がないし、結局閉じることにしたってわけ」

町の書店がどんどん減っている。そういう話は大学でも聞いたことがあった。

「でも、僕はさ、祖父母のやってた本屋がどうしても忘れられなかった。学校が終わったあと、両親とも勤めがあったからよく祖父母の本屋に寄ってたんだよね。店の隅に座って買ってもらった本を読んだりしてた」

綿貫さんは楽しそうに話した。

「祖父母とお客さんのやりとりをぼんやり聞いたりしてた。祖父も祖母も本をよく読む人だったから、お客さんに本のことを訊《き》かれてもすぐに答えられて、そういうのもすごいなあ、と思ってた。だから、閉める、って言われたときはちょっとショックで」

だがもうそのときは就職先も決まっていて、春には研修もあって、閉店のときには店に行けなかった。その後、入社式前に一度実家に戻ったときにがらんとした建物を見て、呆然《ぼうぜん》としたらしい。

「ほんとになくなってしまったんだ、ってぽかんとした。その後は仕事に追われて、祖父母の店を思い出すことも少なくなっていったんだけど、何年か勤めるうちに、日々なんだか納得がいかない、こんなんで人生終わっていいのか、って思うようになった。そのときなぜか祖父母の本屋のことを思い出して、急にひらめいた。本屋だ、僕はやっぱり本屋をやりたい、って」

「それで会社に勤めながら、模索をはじめたんですね」

藤崎さんが訊いた。

「そう。ある程度貯金はあったんだけど、起業するなら蓄えは多い方がいい。それに、やみくもにはじめてもうまくいかない、ってことはわかってたから。本屋はどんどん減ってる。ふつうの本屋じゃ続けられない。けど、あちこちに特色のある小さな本屋ができているのを知って、休日にめぐり歩いた」

雑貨と併せてライフスタイルショップの形にしている店、カフェを併設している店、店内にイベントスペースを設け、定期的に本にまつわるイベントを開いている店。本はふつう出版社から取次と呼ばれる会社を通して配本されて来るが、直取引をする出版社の本だけを扱っている店。

「いろいろ考えて、新刊と古書の両方を扱う本のセレクトショップみたいな形にすることにした。あとは文具。祖父母の店にも文具がおかれていたし、本好きと文具好きは通じるところがあるからね」

本好きと文具好き！　わかります！　まさにそれ、わたしです！　手をあげたくなるのを抑え、無言でうなずく。

「それで、ついに日本橋に店をかまえることになったらしいんだ」

藤崎さんが言った。

「そうなんですか。おめでとうございます」

「うん。先週オープンしたばかりで。店名は『文字箱《もじばこ》』。文字の箱だ」

「文字の箱……。素敵な名前ですね」

「ここからもわりと近い、川沿いの古いビルの一階だ。まだまだ改良の余地はあるけど、とりあえずぼちぼちはじめてる。ただ、文具がね。置くからには気の利いたものにしたいけど、なかなかぴったりくるものがない。いろいろ調べてたら、ＳＮＳで記念館のことが流れてきた。名前を見たとき、これって藤崎くんがいるところじゃないか、って。紙こもの市にも一度視察に行かないと、と思ってたところだったしね。ここのオリジナルグッズを見て、ああ、これを置いてみたい、って思ったんだ」

　そんなふうにつながるなんて。ＳＮＳ、おそるべし。

「それで記念館のグッズをいろいろ見てもらってたんだ」

　藤崎さんが言った。

「組子障子のカードも紙の絵本もすごくいいと思う。日本の伝統を感じさせるのにすごく新鮮で。なにより、本屋に置くにはうってつけのアイテムだ」

「というわけで、『文字箱』で記念館のグッズを扱ってもらうことになった。組子障子のカード全種類と紙の絵本の普及版だ」

「ほんとですか」

　うれしくて、自然に笑顔になる。

「まずは少量買い取って様子を見てみる。売れ行きがよかったらまた発注するよ」

「ありがとうございます」

よかった。そうか、販売する場所が増えれば、その分売り上げも伸びるんだ。こうやって扱ってくれる店が増えれば、いつかは記念館の販売スペースも広げて、バイトも雇えるかも……。

「今度、閉館後にでも『文字箱』を見に行ってみよう」

藤崎さんの言葉に大きくうなずいた。

「ああ、ぜひ来てくれ。うちは八時までやってるから」

綿貫さんがにっこり笑った。

4

火曜日、部室で蠟引《ろうび》き講習会を行うと約束したので、大学にアイロンを持っていかなければならなくなった。自転車でくる森沢先輩と家がわりと近い松下さんもアイロンとアイロン台をセットで持ってきてくれるらしい。

うちのアイロン台は脚がついているので、さすがに運べない。あとは、茶漉《ちゃこ》し、ロウソク、クッキングシート。サンプル用にこの前蠟引きした紙。

授業で使う教科書や筆記用具といっしょにいつもより大きなカバンに詰めこむ。重い。

ほとんど旅支度である。これを持って教室にはいるのは気が引けたので、少し早めに大学に行き、部室に荷物を置いた。

四限の授業が終わって部室に向かう。一年生はみんな五限まであるらしい。

「西園先輩は？」

「わからん。でも西園のことだから『地域猫通信』で忙しいんじゃないか？」

「ああ、『地域猫通信』……」

莉子があきらめたようにつぶやく。

『地域猫通信』とは、西園先輩が毎年大学祭で勝手に販売している個人誌である。先輩は猫好きで、地域猫と仲良くなるというコンセプトで日々近所を徘徊《はいかい》し、地域猫に勝手に名前をつけ、写真を撮っている。『地域猫通信』はその写真を集めた冊子だ。

だが写真が下手すぎて、猫はほとんど写っていない。ものすごくブレているか、ピンボケか、たまに写っていても背中だけ、尻尾《しっぽ》だけ、脚だけというものばかり。それでも『地域猫通信』は売れるのだ。

西園先輩が長身でゆるふわ系イケメンだからかもしれない。ゆるふわの権化のような先輩が売り場に立ち、ゆるくふわあ〜っと解説していると、みんな「猫かわい〜っ」と言って、どんどん買っていく。猫は写っていないのに。しかも老若男女問わずである。

西園先輩の目的は地域猫を紹介することだから、売り上げはすべて小冊子研究会の収入になる。だから西園先輩が『地域猫通信』にかかりっきりでほかの仕事をさぼっていても黙認されているのだ。

とりあえず、森沢先輩、莉子だけで講習会をはじめることにした。サンプルとして持ってきた、わたしが蠟引きした紙を机の上に出した。

「へえ、面白い。やっぱり写真で見るよりずっといい」

莉子はそう言って、一枚ずつ手に取った。

「質感も変わるんだな。つるつるで、しっとりしてる」

森沢先輩が紙の表面をなでる。

「印刷物のPP加工のつるつる感とはちがうね」

「透け感も半透明っていうか、薄い磨《す》りガラス越しみたいな効果があるんだな」

森沢先輩が目を近づけて言った。

「こんなの、ほんとに簡単にできるの？」

莉子が不安そうな顔になる。

「紙漉《かみす》きも職人さんの見てると簡単そうに見えるけど、超絶むずかしかったからなあ」

「うーん、あれよりは簡単だと思うけど……」

「まあ、考えてもしょうがないし、とにかくやってみようぜ」

森沢先輩が袖《そで》をまくる。

「じゃあ、まずロウソクを削るところから……」

カバンからロウソクを取り出し、莉子たちの前に置いた。

「あとは茶漉し……ああ、莉子のところはザルだったんだっけ」

「うん。小さめのやつを借りてきたよ」

莉子のところは茶漉しがなく、代わりに金属製のザルを持ってきていた。森沢先輩は茶漉しは家の人から貸してもらえず、ザルもパンチングなので使えない。わたしの茶漉しを森沢先輩に貸して、ロウソクを削りはじめた。

そのあいだ、わたしは練習用の紙を準備することにした。面積が大きいとどうしてもムラになりやすい。最初は小さい紙で練習した方がいいし、どうせ最終的に作るのも栞《しおり》なのだ。大きい紙にきれいに蠟引きできるようになる必要はない。

とりあえず持ってきたメモ用紙と新聞、チラシを机に出す。部室のロータリーカッターでどんどん栞の大きさに切っていく。

「百花、蠟、これくらいでいいかな？」

莉子が言った。見るとふたりともかなりの量を削ったようで、前にこんもりした白い山ができていた。

「うん、それだけあれば大丈夫だよ。紙の準備もできたし、はじめようか」

机のうえに森沢先輩が持ってきたアイロン台を置く。それから布、クッキングシート。蠟引き用に、まずはメモ用紙を置いた。

「ここに蠟をふりまくんだけど……。やってみた感じ、手でまくより茶漉し使った方がまんべんなくまけるみたい」

「ああ、お菓子に粉砂糖かけるときみたいに？」

「そうそう」

うなずきながらアイロンのスイッチを入れた。

「これ、どれくらいかけるの？」

「まんべんなくだけど、量はできるだけ少ない方がうまくいくよ。多すぎると失敗するけど、少ない分にはあとから足せばいいから」

とんとんたたきながら紙一面に散らした。

「へえ、そんなもんでいいんだ」

莉子が横からのぞきこむ。上にクッキングシート、布を置き、熱しておいたアイロンをのせる。温度のことや裏返す必要がないことなども説明した。しばらくして布とクッキングシートをめくる。

「おー、透けてる」

森沢先輩が言った。

「ほんとだ。濡《ぬ》れてるみたい」

莉子も紙をじっと見た。

「これなら俺にもできそうだ」

「この大きさの紙ならアイロンを動かす必要もないし、むずかしいのは蠟の量の加減くらいです」

「わかった。じゃあ、やってみよう」

森沢先輩と莉子が交代で練習する。はじめは蠟が多すぎたり少なすぎたりしたが、すぐに慣れた。途中、乾くん、石井さんと松下さんが次々にやってきて、蠟を削るところから蠟引きするところまでひととおり練習することができた。

方法は覚えたし、あとはそれぞれ家で作業した方が早いだろう、ということになり、練習のあとはノベルティの栞としてどんな紙を使うか、という相談になった。

「和紙じゃなくなってしまいますけど、やっぱり文字が印刷されている紙の方がおもしろいと思います」

わたしがそう言うと、森沢先輩も、そうだな、とうなずいた。

「そうですよね。この裏側の文字が透けて二重になるところが素敵」

石井さんが蠟引きした新聞を指す。

「レトロ感も出ますし」

松下さんもうなずいた。

「でも、文字が印刷されてるものって、なに？　ふつうの新聞ってわけにはいかないでしょ？」

莉子が首をひねる。

「そうですよねえ。最近の新聞記事だと雰囲気いまひとつ、っていうか……」

「じゃあ、古い新聞？　そんなのあるかな？」

「海外旅行のときの地図とかパンフレットみたいなのはどうですか？　去年の家族旅行のときのがまだ残ってるかも……」

松下さんが言った。

「地図は面白いかもね。でも、記念の品でしょ？　使っちゃっていいの？」

莉子が訊《き》く。

「そうですねえ……」

「日本のでよければ地図とかパンフレットみたいなもの、うちにもあるよ。でも、あまり厚い紙だと透ける効果が出ないかな」

森沢先輩が言った。

「むかしの時刻表はどうですか？」

乾くんが思いついたように言った。

「時刻表？」

森沢先輩が訊いた。

「僕の祖父がちょっとした鉄道マニアだったんですよ。それで、蔵にむかしの時刻表やら鉄道関係の雑誌やらが大量に残ってて……」

「蔵？　乾くんちってそんなに大きいの？」

石井さんが目を丸くする。

「僕んちじゃなくて、亡くなった祖父の家ですよ。いわゆる本家です。いまは伯父《おじ》の一家が住んでる。僕の父は三男坊でふつうの会社員ですからね。家もふつうです」

「そうなんだ。でもお祖父《じい》さんの家に蔵がある、って……」

松下さんと石井さんが顔を見合わせた。

「お祖父さんの家ってどこなの？」

「僕の家のすぐ近くですよ。いちおう都内です。都内とは思えない田舎っぽい場所ですけど。目立たないけど、都内にもまだ地主の家ってけっこうあるんですよ。まあ、蔵っていっても小さいものですけどね」

「でも時刻表とか、鉄道関係の雑誌とかって、好きな人にとっては貴重な資料なんじゃないの？　こんなふうに使っちゃっていいのかな」

森沢先輩が訊いた。

「いえ、それは祖父もわかっていて、生前に鉄道好きの知り合いにほしいものがあったら持っていってくれ、って話してたんですよね。鉄道関係の本ばかり扱う古書店っていうのもあって、引き取れるものは全部引き取ってもらったんです」

「なるほど」

「でも、値がつかないものとか、切り抜かれたページが多くて引き取れないものとかもあって、近く蔵を整理するみたいで、全部処分するって話になってるんですよ」

乾くんが言った。

「そうなのか。なんだかもったいない気もするけど、かっこいいのができそうだな」

森沢先輩の言葉にみんなうなずく。雰囲気があるうえ、タダである。

「どっちにしても処分するものですし……。小さく切って栞を作るだけでしょう？　そしたら時刻表や雑誌数冊でなんとかなりますよね」

「そうだな。全部のページ使えるわけじゃないだろうけど、ひとり一冊持ち帰ればじゅうぶんなんじゃないか？」

「いまここにいる六人分ってことですよね。そしたら、明日《あした》にでも本家の蔵に行って、時刻表と雑誌、六冊持ってきます」

うまい具合に材料の算段もつき、その日はお開きになった。

木曜日、乾くんから雑誌を受け取り、ひとり五十枚ずつ栞を作ってくることになった。チラシ、ポスター作りも着々と進行し、冊子もできあがってきた。石井さんのキャラクターが効いていて、なかなかの仕上がりだ。

大学祭の前日は朝から晩まで準備に追われた。西園先輩もようやく顔を出し、例によって猫の姿がまったくわからない『地域猫通信』を持ってきた。

だが、石井さんも松下さんも雑誌をめくりながら、いや〜ん、もふもふ〜、とか、肉球うう〜、などと叫び声をあげ、西園先輩から即買っている。売り上げは小冊子研究会の収入になるからありがたいことだが、なんでこんなに売れるのか。猫好きとはなんなのか。まったく解せない。

　大学祭期間中は記念館バイトは休んだ。販売コーナーはどうなっているんだろう。あのときの女性たちは無事お年玉袋を手に入れたのだろうか。いろいろ心配だったが、それどころではなかった。

　当日は休む間もなかった。なにしろ部員が少ないのだ。交替で店番をしたり、外をまわってチラシを配ったり。短い休憩時間中には友だちのところもまわらねばならない。四年生や卒業した先輩たちも次々にやってくる。

　叔母《おば》と母も、差し入れを持ってやってきて、新刊を一冊ずつ買ってくれた。編集者の母に冊子を見られるのはどきどきものだったが、なかなかうまくできてる、と褒められてちょっとうれしかった。

　叔母はなんだか楽しそうに部員たちと語り合い、既刊も何冊か手にとってくれた。その上、『地域猫通信』を見るなり、いや〜ん、もふもふ〜、と石井さんたちと同じような悲鳴をあげ、即決で買っていた。しつこいようだが、猫とわかる姿はひとつも載っていないのだ。猫がすごいのか、西園先輩がすごいのか。もはやわからない。

　冊子はなかなかの売れ行きで、ノベルティの栞《しおり》も好評だった。なかには栞目当てでやってきて、栞のために冊子を買っていく人までいた。新刊だけでなく既刊もよく売れて、『地域猫通信』は当然のように完売した。

5

冊子販売だけだったので、小冊子研究会の片づけは最終日のうちに終わり、翌日の片づけ日は休みになった。

バイトは水曜からだが、記念館のことが気になって日本橋に出た。今日は月曜日。本来なら休館日だが、年末で忙しく、藤崎さんも毎日記念館にいるから年内最後の開館日まで無休ということになっていた。

高島屋の前の銀座《ぎんざ》線の出口から出て、裏通りにある記念館へ。このところずっと大学祭の喧騒《けんそう》のなかにいたので、久しぶりに日本橋の落ち着いた風景を見て、ここは大人の街だな、と感じた。

ビルの前にはちゃんと記念館の看板が出ている。

藤崎さん、ちゃんと出してくれてたんだ。

わたしがバイトをはじめたころには、この看板さえ出ていなかった。藤崎さんが看板を出してくれていたことをうれしく思いつつ、休んでしまったのが申し訳なく思えてきた。記念館の展示物や和紙が頭によみがえり、エレベーターに急ぐ。

この古いエレベーターにもう慣れたな。四階のボタンを押す。ドアが閉まり、エレベーターが上昇をはじめる。ドアが開くと、目の前に記念館の入口が見えた。一週間休んだだけなのに、ずいぶん長いこと来ていなかった気がした。

驚いたことに、受付の横に小さなガラスのショーケースが設置されていて、なかに記念館グッズがはいっている。ケースの上には「販売しております。ご用の方はこちらのベルを押してください」というパネル。

すごい。藤崎さん、こんなケースを導入してくれたんだ。ケースは新品というわけじゃないみたいだが、じゅうぶんきれいだった。これなら館内に人がいなくても商品を販売できる。ちょっと感動である。館内もきちんと整えられ、真ん中の展示物にも引き出し棚の上にも埃《ほこり》はない。

館長室の前に行き、そうっとノックした。なかから、どうぞ、という返事があった。聞き慣れた藤崎さんの声だ。ドアをあけて、部屋をのぞく。

「あれ、吉野さん、バイトは水曜からじゃなかったの？」

藤崎さんが不思議そうにわたしを見た。

「今日は大学祭の片づけ日で、休みなんです。うちのサークルは昨日のうちに片づけ終わっちゃったんで、気になって来てみました」

「そうか」

藤崎さんは素っ気なく言う。

「ご協力いただいた冊子もできあがったので、一部持ってきました」

カバンから冊子を取り出し、藤崎さんに手渡した。

「へえ。なかなかよくできてるじゃないか。ゆるキャラまでいるんだ」

冊子をぱらぱらめくりながら藤崎さんが言った。

「売り上げはどうだった？」

「けっこう売れましたよ。ここ数年のなかではいちばんかも、って先輩が言ってました」

「そうか。日本橋特集ね。これで記念館にも来館者が増えるかな」

笑ってはいないけど、ちょっとうれしそうに見える。

「長いこと休んでしまってすみません」

「いいよ、せっかくの大学祭じゃないか。小冊子研究会のメンバーにはだいぶお世話になってるからね。楽しめたならよかったよ」

「ありがとうございます」

同学年のなかには、バイトがきつくて大学祭期間中もなかなか休みが取れない、と言っていた人もいた。先輩たちから卒論とバイトを両立させるのが大変という話も聞く。わたしは恵まれていると感じた。

「販売スペースのことも。ガラスケースを置いてくれたんですね」

「本社で使わなくなったケースがあるって聞いて、もらってきた。季節商品まではは いらないけど、オリジナルグッズだけなら置けるだろう？」

「そうですね、季節商品はわたしがいる日だけでも……。あ、そういえば、お年玉袋の取り置きのお客さま、いらっしゃいましたか」

「うん。年配の女性ふたり連れだろう？　先週末に見えたよ。だいぶ商品が増えてたからね、予約してたもの以外も長い時間ながめて、たくさん買ってくれた。年賀状用のハガキとか、オリジナルグッズもいくつか」

「そうだったんですか。よかった」

　たくさん買ってくれた、ということは、楽しんでくれた、ってことだよね。なんだ、全然心配することなかったじゃないか。

「吉野さんにもよろしく、って言ってたよ。ああいうお客さまを見るとちょっとうれしくなるよね。すごく楽しそうだった」

「お孫さんにお年玉を、っておっしゃってました」

　ふたりの笑顔を思い出し、心のなかがぽかぽかした。

「今日はバイトの予定じゃないから、ちゃんと休んでください。でもせっかくここまで来たんだし、新商品のアイディア出しのために、このあたりの和紙の店や文具店を視察してみたら？」

　藤崎さんが言った。

「そうですね。なかなかゆっくり見てまわる機会はないですし……」

　いつもは日本橋に来ても、朝からずっとバイトで、記念館を出るころには店も閉まっている。ほかの店の商品を見ることであたらしいアイディアを思いつくかもしれないし、ほかとのかぶりも防げる。

「それと、この前来た綿貫さんの店、もう記念館のグッズも置かれてるはずなんだ。僕もまだ見に行けてないんだけど」

「文字箱ですね。話を聞いたときから行ってみたいと思ってたんです」

　本と文房具。一度はいったらなかなか出られないかもしれない。

「記念館グッズがどんなふうに置かれてるか、気になってはいるんだ。綿貫さんからは売り場の写真を送ってもらって、売り上げもなかなかいい、ってメールももらっているんだけど」

「でも、実際に見てみたいですよね」

「うん。営業っていうのかな。商品を置いてもらうからにはこちらもきちんとあいさつに行って、ならべ方なんかも考えないといけないと思うんだけど、そこまで手がまわらなくて」

　藤崎さんは館長としてずっとここにいなければならないし、来館者が増えたことで日中は応対で忙しくなっている。たぶん記念館以外の業務のために閉館後も長いこと残業しているはずだ。

　ここはわたしが営業係をつとめなければ！　ふつうの店だったら怖くて尻込《しりご》みしてしまうが、あの綿貫さんが相手なら大丈夫な気がする。

「わかりました、状況、見てきます。ならべ方とかチェックして、必要だったらこちらの希望も伝えてみます」

「え、ほんとに？」

藤崎さんが目を丸くする。

「いけなかったでしょうか？」

「そんなことない。むしろ助かるよ。ただ、吉野さん変わったなあ、と思っただけ」

変わった……かな？

「いえ、うまくできるかはわからないですが」

思わずおよび腰になった。

「大丈夫だよ。うちの商品のことは吉野さんがいちばんわかってるだろう？　開発者なんだから」

開発者。そんな大層なものではないが……。

「わかりました！　とにかくがんばります。あたって砕けろ、で」

「あたるのはいいけど、砕けないように頼むよ」

藤崎さんがちょっとだけ笑ったように見えた。

和紙店や文具店を見る、という話もあったが、まず文字箱に行きたかった。わたし自身、記念館グッズがどう置かれているのか気になったし、なによりも文字箱がどんな店か見てみたかったのだ。

藤崎さんから渡されたショップカードの地図を見ながら裏通りを歩く。以前小冊子研究会で日本橋を散策したときにも通った道だ。洋食屋のたいめいけんの前を通り、川沿いへ。古い建物が立ち並ぶなかに、ショップカードに書かれたビルがあった。

一階の大きなウィンドウから店のなかが見える。壁沿いと真ん中に木の本棚がならび、本がぎっしり詰まっている。窓際には木のテーブル。ほかの文具といっしょに組子障子のカードと紙の絵本が置かれていた。

あった。思わず声が出そうになる。ガラス張りのドアを押し、なかにはいった。

間口は狭く見えたけど、意外と奥行きがある。もともと何部屋かだったのを壁を抜いてひとつにしたみたいで、ちょっと複雑な形だ。もとの壁が少し残っていて、その形に沿って本棚や文具の棚がおかれているので、迷路みたいだった。

こういう店だといかにもかっこいい画集とか写真集、凝ったデザインの本ばかりが置かれていたりすることが多いが、ここはそうじゃない。話題の新刊もあるし、文芸書の品揃えも豊富。カテゴリーごとに分類され、ふつうの書店ではあまり見かけない本もあったり。

文具コーナーはそんなに大きくない。あくまでも主役は本なのだ。置かれているのはノートやレターセットに筆記用具。シックなものばかりだ。

さすが日本橋。セレクトが大人っぽい。

「あ、吉野さん、ですよね？」

うしろから声がして、ふりむくと綿貫さんが立っていた。

「こんにちは。気になって見にきました」

そう言ってお辞儀をした。

「館長も見に行きたいって言ってたんですけど、なかなか時間が取れないみたいで」

「まあ、藤崎くんは忙しいだろうからね」

綿貫さんが微笑んだ。

「記念館グッズ、置かれているの見ましたか？」

「はい、窓際に置いてくださってるんですね。ありがとうございます」

「うん。レジの近くの棚にも置いてるんですよ。こっちです」

綿貫さんといっしょに本棚の迷路を抜け、レジに向かった。木のカウンターの横に小さな棚があり、そこにもたしかに組子障子のカードと紙の絵本が置かれている。

「レジに来た人はけっこう記念館の商品のこと質問していくんですよ。売れ行きもすごくいい。紙の絵本は、あと窓際に一点とここにあるだけ。カードも何種類か残り少なくなっているし、そろそろ追加をお願いしようかと思ってたんです」

「ほんとですか？」

棚を見ると、紙の絵本はもう三冊しかない。

「そしたらわたし、記念館に戻って追加を持って来ます」

営業としてはここで押すべき！　心のなかの莉子の声にしたがう。

「え、ほんとに？」

綿貫さんの眼鏡の奥の細い目が丸くなる。

「実はわたし、今日はバイトじゃないんです。大学が大学祭の片づけ日でお休みで、記念館の様子を見に来て……。このお店のこともずっと気になっていたので……」

綿貫さんは物腰がやわらかく、話し方もフランクなので、ついつい遠慮なくしゃべってしまった。

「そうなんですか。でも、お休みなのに仕事頼んじゃっていいのかな？」

「はい。次のバイトは水曜だから、それまでに在庫が切れちゃったら困りますし」

「仕事熱心だねぇ」

綿貫さんがははははっと笑った。

「じゃあ、お願いしようかな」

組子障子のカードの在庫を聞き、スマホにメモを取る。

「それにしても、素敵なお店ですね。建物もレトロな感じで、落ち着いてて」

「いいでしょう？　昭和中期に建てられたものみたいですけど、モダンな感じがして。いい建物だなあ、ってずっと思っていたんです。僕は日本橋の会社に勤めてたから、この前を毎日通っていて」

「そうだったんですね」

「お店、最初はもっと若者の多い街を考えてたんですけどね。いろいろまわって、でもなんだか落ち着かなくて。ずっと勤めていた日本橋の空気に馴染《なじ》んじゃってたのかな。どうしてもくらべてしまうんですよ」

「たしかに、日本橋の雰囲気は独特ですよね。大人の街だけど銀座とはちがうし、東京駅の近辺ともちがう。もっと和の雰囲気が強くて……」

「そうそう。でも浅草《あさくさ》みたいな感じともちがう。和なんだけど、日本が世界に向かって、西洋になろう、なれる、と気概を持っていたころの面影が残っているんですよね」

　西洋になろう、なれる。その言葉がなんとなくわかる気がした。

「人形町にも気になる物件があって、そちらも内見に行ったりしてたんですけどね。この物件が出る、って噂を聞いて、運命を感じて、その日のうちに不動産会社に行ったんです。それが今年の春。まだ会社に勤めてたし、いつ辞めるかの目処《めど》も立ってなくて。でもいま借りなかったら取られちゃう、何ヶ月か家賃が無駄になってもいいや、と思ってとりあえず契約することにしたんですよ」

「よほど気に入ってたんですね」

「結果的に、それに後押しされて会社も辞めた。すぐに本格的な改装工事にはいって……。立地もいいしね。このあたりが好きなんです。水運の街日本橋を思わせる」

　水運の街か。日本橋散策のとき乾くんが熱心にその話をしていたのを思い出した。あのときたしかこのあたりも歩いた。このビルのことはよく覚えていないが、きっとそのころは改装工事中だったんだろう。

そういえば乾くん、今回の日本橋特集の記事にも水運の話を書いてたっけ。今度一冊持ってきて、綿貫さんに見てもらおうかな。

「ちなみに、なんですけど、記念館の商品を買っていかれる方って、どういう人が多いんですか？」

「四十代くらいの女性が多いかなあ。でも男性も買ってくし……。うちはそもそもあんまり若いお客さんは来ないから、うちの店の中心の層ってことかもしれないけど」

「反応はどんな感じですか」

「やっぱり、和紙のうつくしさやていねいに作られてることに反応する人が多いかな。和紙がこういう形になってるのをおもしろがる人もいるし……」

「和紙の商品はうちのものだけみたいですね」

さっき棚を見たときのことを思い出して訊《き》いた。

「そう。和紙の製品は記念館のものだけ。でも、みんな、和紙だから買っていく、っていう感じじゃない気がする。日本橋にはほかにも和紙の店はあるし、和紙が目当てならそういうところに行く。うちに来るお客さんはまたちょっとちがうから。記念館の商品に関しては、なんかあたらしい感じがする、って興味を持つみたいですよ」

「あたらしい感じ、ですか？」

「僕もそう感じます。和紙ならでは、なんだけど、いかにも和紙、って感じじゃない、っていうか……」

あたらしい感じ。新鮮。イベントでもお客さまからときどき似たようなことを言われる。でもいったいどこがどのようにあたらしいのか、自分ではよくわからない。

「いまの商品もいいけど、ゆくゆく記念館とうちでコラボしてオリジナル商品を作れたらなあ、とも思いました」

「コラボですか？」

「日本橋ならではの商品っていうのかな。ふじさき記念館と文字箱、それに日本橋という土地を感じさせるような品物ができたらいいな、って」

「おもしろそうですね」

「藤崎くんも忙しいだろうし、今度また記念館に行きますよ。ぜひ相談しましょう」

「はい。伝えておきます」

こんな素敵なお店とのコラボ。なんだかわくわくした。

そのときレジの方から綿貫さんを呼ぶ声がして、綿貫さんは、じゃあまた、と言ってレジの奥にはいっていった。

藤崎さんにコラボ企画のことを早く伝えたかったので、いったん記念館に帰ることにした。文字箱のなかもゆっくり見たいが、どうせ補充する商品を持ってもう一度来るのだ。見るのはそれからでもいい。

店を出て、足早に記念館に戻る。ふたたび館長室に行くと、藤崎さんに、どうしたの、と訊かれた。文字箱の様子、在庫の状況、商品補充のこと、コラボ企画のことなどをかいつまんで話した。

「コラボ商品か。それはおもしろいね。綿貫さんはやり手だからね。この前もネットで文字箱が紹介されてたよ。ええと、どこだったっけ……。ああ、これ、これ」

パソコンに文字箱の店内の風景と綿貫さんの笑顔が映った。見出しには「日本橋にあたらしい文化の発信地誕生」と書かれている。

「たぶんうちの来館者とはちがう層がきているんだろうし、ここに置かれたらまた別の人たちに届く。すごくいいね」

藤崎さんも乗り気だ。この前の浩介さんの一件のせいだろうか、あれ以来藤崎さんの意欲がぐんとあがっているように見える。

「問題はどんな商品にするか、だよね。書店とのコラボか。なにがいいんだろうなあ」

腕組みして考えはじめた。

「まあ、そう簡単には思いつかないか」

「そうですね。とりあえず今日は補充商品を届けにいってきます」

「休みなのに悪いな」

「いいんです。次にくるのは明後日《あさって》ですから。明日《あした》欠品しちゃうかもしれない。そしたらもったいないじゃないですか」

「まあ、そうだが」

「今日はそのあと文字箱のなかをゆっくり見て、このあたりの和紙屋や文具店をまわって、アイディア練ってきます！」

「わかったよ。じゃあ、すぐに納品書作るから」

藤崎さんはそう言ってパソコンに向かった。

補充商品と納品書を紙袋に入れ、文字箱にとんぼがえりした。綿貫さんに商品を渡し、納品書と照らし合わせる。

「ありがとう。助かりました」

綿貫さんがにこっと微笑む。

「じゃあ、お店、見ていきます」

「ゆっくりしていってください」

綿貫さんにお辞儀をし、店内をまわりはじめた。今度はじっくり本棚を見よう。文庫に文芸の新刊、外国文学もたくさんある。こんなふうにゆっくり書店の棚をめぐるのはなんだか久しぶりだ。

棚からおもしろそうなタイトルの本を引っ張り出し、ぱらっとめくる。知らない名前の作家だが、書き出しに惹《ひ》かれた。読んでみようかな。ならんだ本の背に書かれたタイトルを見ていると、なぜか急に本ってすごいなあ、と思った。

ここにならんだ本の一冊ずつに言葉が、意味がぎっしり詰まっている。そしてその言葉の存在を支えているのは紙……。いまはなんでもデータになっているけど、コンピュータができる以前は、人間の知は紙と文字に支えられていた。

──紙はむかしから強い力を宿すものだった。

父の言葉がまた頭によみがえってくる。

とそのとき、はっとして足がとまった。

──紙はむかしから強い力を宿すものだった。

その言葉が書かれたポップが目の前に立っていたのだ。

「え？」

目を凝らし、ポップを見る。万年筆で書かれた手書きのポップだ。

吉野雪彦『東京散歩』

澄み切った目で街を歩き、叙情あふれる筆致で街を描く。早逝した作家吉野雪彦の珠玉の短編集。日本橋髙島屋の屋上が舞台の掌編「屋上の夜」も収録。

え？　ええ？　えええーっ。

見るとポップの横に、父の『東京散歩』が面出しになっているではないか。

嘘？　この本はもう品切れだったんじゃ……？　どうやらいつのまにか古書のコーナーにはいりこんでいたらしい。

ということはこの本も古書？　だが状態はとてもいい。新品同様だ。しかも数冊置かれている。わざわざ集めてくれたってことだろうか？　綿貫さんが？　それとも店員のだれか……？　わからないけど、父の本を好きな人がいるってことだ。

しかも『東京散歩』だけじゃない。周辺には父の本が何冊もならんでいる。どれも古書だが、状態はいい。父の出した本はほぼすべてそろっているんじゃないか。

嘘？

かあああっと身体が熱くなる。うれしいような、恥ずかしいような、説明しがたい感情におそわれ、いてもたってもいられなくなる。ちらりと見ると、綿貫さんは接客中だ。目が合ったので、軽く会釈して店を出た。

外に出るとひゅうっと寒い風が身体に当たり、少し頭が冷えた。どうしたらいいかわからないまま、足早に歩いた。

——早逝した作家吉野雪彦の珠玉の短編集。

——澄み切った目で街を歩き、叙情あふれる筆致で街を描く。

ポップの端正な手書きの文字が頭のなかによみがえる。

父の本。薫子さんや藤崎さんも読んでくれていた。いまでも父の本を読んでくれている人がいる。大事にしてくれている人がいる。

不思議だった。父はもうどこにもいないけれど、本という形になることで言葉が勝手に生きのびて、いまもどこかに流れついているのだ。

不思議なことだ。すごいことだ。

ふわふわと舞いあがるような気持ちで歩き続けた。

6

しばらく胸がざわざわしていたけれど、気持ちを切り替え、日本橋の和紙店をめぐり歩いた。はいばらを見たあと、日本橋を渡って小津和紙や川島紙店へ。どこも素敵な紙製品が置かれている。

記念館で働く前は、和紙のことなんてほとんど知らなかった。書道用紙や障子紙、千代紙くらい。こんなに多様な紙があるとは思わなかった。文具好きだし、小冊子研究会にはいったし、洋紙のことならほかの人にくらべればくわしいつもりだったけど。

書道やちぎり絵、絵手紙、折り紙、人形作り。和紙を使った趣味も世の中にはたくさんあるみたいだ。最近は御朱印帳もブームらしく、和紙店にもきれいな御朱印帳がいろいろ置かれている。

店を出て、日本橋の高い建物を見ながら歩く。

——和なんだけど、日本が世界に向かって、西洋になろう、なれる、と気概を持っていたころの面影が残っているんですよね。

日本橋の街並みのこと、綿貫さん、そう言ってた。

この街に来たのも、紫乃叔母《おば》さんに連れられて記念館を訪れたときがはじめてだった。

世の中には知らないことがたくさんあるんだなあ。

藤崎さんが作ってくれたファイルで勉強したり、職人さんとお話ししたり、美濃市に行ったりして、この数ヶ月それなりに勉強してきたけど、和紙のことだってまだほんの入口をかじっただけ。この世界は知らないものだらけなんだ。

知らないまま終わっていくものもたくさんあるんだろう。和紙についても、わたしの同世代やその下の人たちの知識はなにも知らなかったころのわたしと同じようなものだろう。和紙のうつくしさに出会わずに一生を終えるかもしれない。

もちろん世の中にはほかにも大切なものがたくさんあるし、なにが大切かは人によってちがうだろう。でも、和紙のことを知らないままなのはやっぱりもったいない気がする。いまは知らないだけで、知ったら好きになる人はまだまだいると思うんだ。わたしだってそうだったから。

——あたらしい感じがする。

記念館の商品のこと、綿貫さんはそう言ってくれた。

——みんな、和紙だから買っていく、っていう感じじゃない気がする。

和紙のことを学んでいるうちに、和紙の奥深さに心を打たれ、この感動を伝えたい、と思うようになった。本美濃紙や細川紙のような伝統的な紙の素晴らしさを伝えたい。でも、入口はいまの人に馴染む形の方がいいのかもしれない。

コレド室町《むろまち》の手前の小道から、福徳《ふくとく》神社のある広場にはいった。夏休み前の小冊子研究会の日本橋散歩でも来た場所だ。記念館から遠いから、ふだんはここまで足を運ぶことはなかった。

福徳神社。芽吹稲荷《めぶきいなり》とも呼ばれる小さな社。隣には福徳の森という小さな森もあり、ビルに囲まれた土地だが、神聖な異空間のように見える。でもちゃんとまわりと融合していて、お参りしていく人たちもたくさんいた。

ここ、たしかむかしは富くじが行われてたんだっけ。仕事運の向上や商売繁昌《はんじょう》のご利益もあるっていう話だったし、お参りしてみようか。

手水《ちょうず》舎で手と口を清め、神社の前に立つ。記念館が繁昌……いや、繁昌とはちがうか。記念館のグッズがたくさん売れて、和紙の良さが広まりますように、かな。それから、いいアイディアが思いつきますように。手を打ち、心のなかでそう唱える。

となりにお守りの授与所があったので、そちらにも立ち寄った。小ぶりで可愛いお守りがならんでいる。

商売守は江戸小紋の地紋にそろばん柄。旅守は朝焼けの日本橋の絵柄。往来守は御所車柄。勝守は矢羽柄。どれも伝統的な和の文様や絵柄を使っているのに、なぜか新鮮に見える。おしゃれでかわいい。手の中にはいる小さな神さま。

ああ、こういうことなのかなあ、と思う。きっと色使いとか、模様の配置のちがいなんだろうけど、古典柄でも新鮮に見える。

——日本橋ならではの商品っていうのかな。ふじさき記念館と文字箱、それに日本橋という土地を感じさせるような品物ができたらいいな、って。

綿貫さんが言っていたのは、こういうことなのかも。

お守り、いただいていこう。自分の分と、お土産に母と紫乃叔母さんと藤崎さんの分。会社でどうしても通したい企画があると言っていた母には勝守。紫乃叔母さんと藤崎さんにはもちろん商売守。

わたしは……。商売守かな、と思ったけれど、芽吹き守の説明が目にはいってきた。総合的な身守で「事始め、能力開花、健康祈願」とある。「『クヌギの皮付き鳥居に若芽が萌《も》え出た』という故事に因《ちな》み、新しいことを始める際や、自身の新たな能力の芽生え、成長を祈ります」という説明に、これこそいまのわたしに必要なものだ、と確信した。

新しいことを始める。

新たな能力の芽生えと成長。

まさに……！

受け取ったお守りを大事にカバンに入れ、歩き出す。

コレド室町のビルを見ると、にんべん日本橋本店や日本橋木屋《きや》、奥井《おくい》海生堂《かいせいどう》、船橋屋《ふなばしや》、箔座《はくざ》日本橋、日本橋だし場はなれ、日本橋芋屋《いもや》金次郎《きんじろう》、八海山《はっかいさん》千年《せんねん》こうじやなどなど、現代的になった老舗《しにせ》がならんでいる。

どこもシャープでおしゃれなデザイン。二十代、三十代くらいのお客さんもたくさんいる。これが日本橋風なのかもしれない。福徳神社を取り囲んだ一帯にあたらしい風が吹いている。根っこに歴史のある、でも新芽のような風だ。

こういうことができたらいいのかもしれないなあ。

ぼんやりそんなことを思う。

八十八夜でもshizukuでも、依頼品の場合は箱とか包装紙とか形はもう決まっているし、その店の雰囲気に合わせて作ればよかった。でも、紙こもの市にしても、文字箱とのコラボにしても、新商品を作るというのはそういうわけにはいかない。

だいたいなにを作ればいいのだろう。メモ帳やノート？　ノートはもう紙の絵本がある。レターセット、一筆箋《いっぴっせん》、ポチ袋。美濃市の店にも日本橋の店にも素敵なものはすでにたくさんある。「あたらしいもの」なんて……。

暗くなるまで歩きまわったが、結局なにも思いつかなかった。

家に戻り、部屋着に着替えた。

けっこう疲れたなあ。髙島屋の裏の記念館から文字箱へ、三越《みつこし》より先の川島紙店まで行ってまた髙島屋まで戻ったのだから、かなり歩いている。考えたら三越前からでも銀座線には乗れたのだけれど、頭を整理するためにも歩きたかった。

横たわりたい気分だけど、そんなことをしたら寝落ちしてしまいそうだ。もうすぐ母も帰ってくる。キッチンに行って冷蔵庫を見るとごはんは冷凍したのがあるし、おかずも作り置きがある。作るのはお味噌《みそ》汁くらいでよさそうだ。

とりあえずお茶を淹《い》れ、ソファに腰をおろした。ローテーブルの上に文庫本がある。母の本だ。いま担当している作家が以前出した本で、急ぎで読まなければいけない、と言っていたのに、ここに出したまま忘れてしまったんだろう。

ちらりとページをめくると、蠟引《ろうび》きの栞《しおり》がはさまっていた。大学祭のノベルティだ。そういえば母も紫乃叔母さんも、この栞を気に入って、ずいぶん時間をかけて選んでいた。

栞を手に取り、電気に透かす。古い鉄道雑誌から切り抜いたもので、片面は文字だけ、もう片面の上半分には列車の写真の一部がはいっている。おそらく活版印刷なのだろう、文字も文字の組み方も、いまの雑誌とは少しちがった。

この、透けた感じがいいんだよなあ。大学祭の前、飽きるほど蠟引きしたときのことを思い出した。年代物のような雰囲気になり、深みが出る。これはもとが活版印刷だからというのもあるけど、うちのプリンターで印刷したものでもレトロ感が出た。

和紙の蠟引きもよかったなあ。うちで試しに作っただけだったけど、透けると紙の雰囲気ががらりと変わる。

水にも強くなるって言ってたし、これでブックカバーを作ったらいいかもしれないな。

ブックカバー……？

思わずがばっと身体を起こした。

文字箱は書店だ。ブックカバーは商品としてぴったりじゃないか。

和紙のブックカバーもいいけど、蠟引きの和紙だったら……。

頭のなかがぐるぐるまわる。

蠟引きすると表面がつるつるして字は書けなくなるし、接着もできない。つまり、レターセットやノートの中の紙には使えない。でも、ブックカバーなら。栞も書店との相性がいいし、ノートの表紙にもいいかもしれない。

ノベルティの栞をじっと見た。文字や写真が透けているところがいい。ネットでも文字が印刷されている紙を使った例をいろいろ見かけたが、たいていはヨーロッパ系の文字のもので、内容を読むというより雰囲気重視。アンティークっぽさを出すためのものだった。

だけど、これは日本語だ。そこがいい。

文字が印刷された和紙の蠟引き。印刷された内容を楽しんで、その後使い続けて皺《しわ》ができても、それはそれで味になるような……。

用途や形にしばられなくてもいいのかもしれない。単なる紙でいいのかも。大きな紙に文字を印刷して蠟引きする。ラッピングペーパーにもなるし、ブックカバーやランチョンマットとしても使える。もちろんそのまま飾ってもいい。

そういうのがあったらほしいかも。俄然《がぜん》そんな気がしてきた。でも、文字はどうしたらいいんだろう。大学祭のときの栞みたいに、古い雑誌を使う?

そのとき玄関から音がした。

「ただいま」

母の声がした。

「おかえり〜」

答えながら立ちあがる。リビングに入ってきた母が、テーブルにエコバッグを置いた。

「これね、帰りがけにおいしそうだったから買ってきた」

ふわんといい匂いが漂ってくる。

「なんだろう？　中華？」

「そうそう」

開けてみるとシュウマイと小籠包《ショウロンポウ》だ。

「これを蒸して……。あとなんか作り置きがあったよね」

「いろいろあるよ。紫乃叔母《おば》さんも呼ぶ？」

「まだごはん食べてないかな？　いちおう声かけてみようか」

母はカバンを置いて、洗面所の方に行く。

「わかった、訊《き》いてみる」

そう答えて、叔母にメッセージを打った。

叔母もまだ夕食をとっていなかったようで、ほどなくうちにやってきた。しかもおひつにはいった炊きたてごはんとローストポーク持参である。昨日大量に作ったローストポークがあるから、今日はごはんだけ炊けばいいと思っていたらしい。

「シュウマイと小籠包とローストポーク……無秩序だけど、まあいいか」

紫乃叔母さんが笑う。お味噌汁は豆腐とわかめ。冷蔵庫にあったピーマンとしらすの煮浸しと五目豆を出すと和洋中折衷のにぎやかな食卓になった。

「そうだ、ちょうどよかった。今日はお土産があったんだ」

わたしは福徳神社のお守りを出した。叔母には商売守。母には勝守。ふたりとも、すごくかわいいね、とうれしそうだった。

福徳神社の話から、小冊子研究会の冊子の話になった。あの冊子を読んで叔母も母も興味を持ったようで、次の休みに日本橋に行こう、と盛りあがる。

「あ、日本橋っていえば、素敵な本屋さんができたんだよ。藤崎さんの大学の先輩が作ったお店で……」

文字箱という名前で、川のそばの古いビルにはいっていること、外観も内装もレトロでおしゃれ、でもカッコだけではなく本の品揃えもいいこと、新刊と古書が両方置かれていることなど、かいつまんで話す。

「それにびっくりしたことがあって……」

父の本のことをどう言おうか迷って、ちょっととまった。

「びっくりしたこと？　なに？」

叔母が訊いてくる。

「お父さんの本が置かれてた」

「ええっ？」

母が声をあげた。

「雪彦さんの本？」

叔母も目を丸くする。

「お父さんの本って、どれ？」

「全部だよ、全部。『東京散歩』が棚に面出しになって、ポップも立ってて。ほら、『屋上の夜』って日本橋の話でしょう？　そのことも書かれてた。でもそれだけじゃなくて、まわりにお父さんの本がずらっとならんでて……」

「でも雪彦さんの本って、もう新刊じゃ手に入らないんでしょ？」

「全部古書なんだよ。でもすごく状態が良くて。きっとお店の人がわざわざ探してくれたんだと思う」

「そう……ありがたいわね」

母がしんみりした顔になる。

「いまでも読んでくれてる人がいるんだね」

少し微笑んで、息をついた。

「雪彦さんのファン、多いよね。藤崎くんもお祖母《ばあ》さまも読んでたんでしょう？」

母と紫乃叔母さんにはそのことも話してあった。

「雪彦さんの本、独特だもんね。透明感があって、言葉は平易でするする読めるけど、あとでじんわり効いてくる。姉さんもそう言ってたじゃない」

「そうだね。好きな人にとっては忘れられない本。ほかには代えられない本。はじめて読んだとき、そう思った」

「姉さん、学生のときからファンだったもんね。出版社にはいって担当になったとき、どうしたらいいかわからない、もう死ぬ、って真っ青になって」

叔母が笑った。

「そうなの？　知らなかった」

「前の担当さんに連れられて雪彦さんに最初に会いに行ったときなんか、何日も前から毎晩わたしのところに電話がかかってきて、どうしようどうしようってくりかえしてて、大丈夫かな、って思ったもん」

「そうだったの？」

母に訊く。

「まあ、そういうこともあったかもしれない」

母は言いにくそうに答えた。

「わたしにとっては神さまみたいな存在だったし。でも会社ではそんなの出せないでしょう？　この人は危ないから担当させるのはよそう、って思われるかもしれないし。どうしても担当したくて、でも会うのも怖くて、崖《がけ》っぷちぎりぎりに立ってるような心境だったんだよ」

母の真剣な表情に思わず笑いそうになった。

でも、それもずっとむかしのこと。もう父はいない。この世のどこにも。だけど母にとってそういうあかるい思い出があるのはいいことだと思った。とても。

「日本橋に行くときは、その店にも行きたいね」

叔母が言った。

「うん、案内する。実は、そのお店と記念館のコラボでなにか新商品作るかもって話になってるんだ」

「へえ、そうなんだ」

「まだ話だけだけど、今日もいろいろ考えてて……」

綿貫さんの「記念館と文字箱で作る日本橋らしいもの」という話。福徳神社やコレド室町の店で感じたこと。今日のできごとを夢中で話した。

「でもなかなかこれ、っていうアイディアが浮かばなくて。でもうちに帰ってきて、ソファの前に置いてあったお母さんの本を見て……」

「あー、朝忘れちゃった本」

母が悔しそうにつぶやく。

「そう。なかにうちのサークルのノベルティの栞《しおり》がはいってたでしょ？」

「蠟引《ろうび》きの栞。あれ、素敵だったよね。わたしも使ってるよ」

叔母が言った。

「あの栞を見て、蠟引きの紙がいいんじゃないかと思ったんだ。本屋さんだから栞でもいいかな、と思ったけど、記念館で作るならもっと大きなものにしたい」

「なるほど。たしかに蠟引きって雰囲気あっていいよね。でも、なにを作るの？　商品ってことは、やっぱり実用性がないとダメでしょう？　蠟引きすると字は書けないし接着もできない。レターセットも無理だし、包装紙にも向かないかも」

さすが、叔母は鋭い。

「それに、本屋らしい、っていう条件はどうなるの？　ノートの表紙とか？」

「うん。それでね、ただの紙っていうのはどうかな、って」

「ただの紙？　どういうこと？」

「ええと、つまり……」

なにから話したらいいか迷った。

「紙自体を見てもらうのが主眼で、使い道はそれぞれ考えてください、っていうか。この栞、なんで素敵に見えるかずっと考えてて、文字が刷ってあるからかな、って思ったんだ。このちょっと古びた雰囲気がすごく好きで……」

「うん、それはなんとなくわかる。蠟引きしただけで、磨《す》りガラス越しみたいな感じになって、アンティーク感が出るよね」

「その雰囲気を活《い》かしたおしゃれな紙はよくあるんだけど、たいてい外国語で書かれてるんだよね。それを日本語にして、書かれている内容を楽しむためのものにしたらどうかな、って思ったんだ」

「内容を楽しむ？」

「意味のある言葉を読むためのものにするの。本と同じように」

「ああ、なるほど」

叔母がうなずいた。

「A3くらいの大きさにすれば、ポスターみたいにしてただ飾ることもできる。ブックカバーに使ってもいいし、ラッピングに使ってもいい。マスキングテープならとまるみたいだし、紐《ひも》でしばってとめることもできるしね」

前に藤崎さんから聞いた紙糸を使うのもいいかもしれない。

「へえ、素敵ね。文字を飾る、か……。おもしろいかも」

母がつぶやく。

「でも、文字はどうするの？　小冊子研究会の栞みたいに古い雑誌を使うとか？」

「記念館とのコラボだから和紙を使わないと……」

「ああ、そうか。和紙の本なんてそうそうないし、となると、あたらしく印刷する、ってことかな」

叔母が言った。

「でもなにを印刷するの？　文字をメインにするとなると、もとになる文章が必要じゃない？　最近書かれた文章は著作権があって、勝手に使っちゃいけないんでしょ？」

叔母が母に訊《き》く。

「そうね。死後七十年経たないとダメ。著作権が消滅した作家の文章は青空文庫《あおぞらぶんこ》でも読めるわよね」

「近代文学なら大丈夫なのか。夏目《なつめ》漱石《そうせき》、森《もり》鷗外《おうがい》、芥川《あくたがわ》龍之介《りゅうのすけ》……」

叔母が視線を宙に漂わせた。

「そのあたりの作家はみんな大丈夫。でも、それならいっそ古文もいいかもよ」

母が思いついたように言った。

「古文？」

「『枕草子』とか『源氏物語』『徒然草』『奥の細道』……」

母が言った。

「あ、おもしろいね。古語って見た目も現代語とちがうし。たとえば『枕草子』のどこかの一段をまるまる載せるとか、『御伽草子《おとぎぞうし》』みたいなのもいいんじゃないかな」

高校生のときはただ暗記するだけのものだったが、大学で授業を受けて古文のうつくしさにはじめて気づいた。

「ねえ、古文もいいけど」

ふっと紫乃叔母さんがつぶやく。

「雪彦さんの小説が載ってたらいいよね」

その言葉に、母が息をのむのがわかった。

「え、でも、最近の人の文章は著作権がある、って……」

「本人の許可を取れば大丈夫なんだよ。亡くなっている場合は著作権の継承者。吉野雪彦の場合は、継承者はわたしだから」

母が言った。

そうか、父の著作権の継承者は母。母が許可すれば大丈夫なのか。

あの店には父の本がたくさん置かれていた。もしかしたら、綿貫さんも父の本を知っているかもしれない。

「日本橋のお店でしょ？　載せるならやっぱり『屋上の夜』だよね」

紫乃叔母さんが言う。

「そうだね」

母が微笑んだ。

「まあ、いくらA3サイズでも全文ははいらないだろうから、抜粋になるけど」

「そしたら、やっぱりあの屋上のシーンだよね。屋上に忍び込んで泊まるシーン」

叔母が言うと、母もうなずいた。

「けど、いいの？　一節だけ抜き出してペーパーにするなんて。お父さんが聞いたら怒らない？」

わたしは母に訊いた。

「大丈夫なんじゃない？　お父さんは文具好きだったし。自分の書いたものがそんな形になるなんて、おもしろがるかもしれない。それに、放っておいたら忘れられてしまうだけだもの。一部分でも読んでもらえたらうれしいでしょ」

「それがきっかけで本を読んでくれる人も出てくるかもしれないしね。ほら、浮世絵だって、器の包み紙として海外に流出して、そこで価値を見出《みいだ》された、って言うじゃない？」

「どんな形になったって、いいものには強い力がある。それに……」

母はそこで言葉を切った。

「お父さんの本を読んだこともないような人が作るんだったら不安だけど、百花がかかわるんでしょう？　藤崎さんもお父さんの本を読んでくれてるって言ってたし。だから大丈夫だと思う」

母がじっとわたしを見た。信じてくれている。なんだか胸にずしっときた。

藤崎さんに提案してみようか。

まだ蠟引きペーパーの案も通ったわけじゃないんだけど。

でもいまのわたしには、福徳神社でいただいた芽吹き守がある！

「まあ、まずは企画を通すところからだね」

にっこりと叔母が笑った。

7

次のバイトは水曜日。藤崎さんに会ったら蠟引《ろうび》きペーパー小説入り（仮）を提案する。そう心に決めて、叔母が帰ったあとに準備をはじめた。

サンプルを作るのだ。プラン通り、和紙に小説を印字して、その紙を蠟引きする。うまくできるかわからないけど、言葉で説明するよりそのほうがいいに決まっている。

前に和紙店でインクジェットプリンターで印刷できる和紙を買った。最初考えていたＡ３ではなくて、半分のサイズのＡ４。蠟引きもＡ３となるとむずかしそうだし、うちのプリンターではＡ４までしか出せない。とりあえずこのサイズで作ってみよう。

母の本棚から『東京散歩』を取り出し、まずは文章を手で打ちこむ。何字くらいはいるのかわからないから、まずはデザインソフトを使ってレイアウトしてみることにした。Ａ４で横長の形。文字だけを見せたいから、罫線《けいせん》は入れず、一段組でデザインもシンプルに。

紙の縁ぎりぎりまで文字を入れて、ちょっと小さめの八ポイントで組めば二〇〇〇字くらいはいる。この文庫本で言うと三ページちょっと。「屋上の夜」をめくり、三ページだとしたらどこを抜き出すか考えた。

——やっぱりあの屋上のシーンだよね。屋上に忍び込んで泊まるシーン。

紫乃叔母さんの言葉を思い出す。だが、「屋上の夜」は全部で二十ページくらい。最後の屋上のシーンだけで七ページ近くある。全部ははいらない。

ほんとのラストは避けたいし、デパートの閉店時間が来て完全に暗くなってから、屋上に隠れていた主人公が外に出てきたところからにしようか。夜の街を見下ろしながら、むかしのことを思い出すシーンだ。

子どものころ、祖父母といっしょに髙島屋に来て、象の髙子を見たときの記憶があざやかによみがえってくる。二〇〇〇字だと、そのときなにが怖かったのか問い直すあたりまでだ。

もう少しあとの方がいいだろうか。このあとは主人公が人生全体をふりかえり、自分の人生がだんだん小さくなっていくことへの不安まで一気につながっていく。この小説の山場はそちらなのだけど、そこだけを選び出すと、状況が伝わりにくい。

むしろ、手前までの方がいいかもしれない。むかしの髙島屋や髙子のことが描写されているのも日本橋がらみでちょうどいい。今回は雰囲気を見せるためのサンプルなんだ。まずは試しにここでやってみよう。

――暗くなり、わたしは外に出た。人気はなく静かだった。

父の文章をそのまま入力していく。父はこういう言葉遣いをするのか。この言葉は漢字にして、この言葉はひらがなにする。こういう息遣いで句読点を打つのか。ただ読んでいただけのときはわからなかったことがわかる。

父の呼吸をなぞっているようで、心がどんどん研ぎ澄まされる。父の姿が頭のなかによみがえってくる。前の家で、書斎の自分の椅子に座り、机に向かっていた父。その姿が急に目の前に浮かび、だがしっかり見ようとするとぼやけて消えていく。

ときどきキーを打つ手を止めて、目をつむり椅子の背にもたれた。

むかしいっしょに屋上に来た祖父母や母、これまで知り合った人が少しずつ他界していく。若いころは知人が増え、自分の世界が広がっていくような気がしていたが、年をとってくるとその世界がだんだん小さくなる。

この物語のなかで、父はそんなことを書いていた。四角い屋上にいて、年をとればとるほどビルが高くなり、先が細くなり、屋上の面積が小さくなるのだ、と。

わたしもまたそういう小さな四角の上に立っているような気持ちになって、あっと声をあげて目を開けた。

一瞬だけ、もういない父の身体にはいりこんで、父の目で世界を見ていたような気がした。どきどきしていた。澄んだ闇のようなものが身体のなかに広がっている。胸は高鳴るけれど、熱くはなく、むしろひんやりしていた。

二〇〇〇字打ち終え、形を整えたあと、印刷の設定をした。最初は和紙ではなく、ふつうのコピー用紙に印字して、様子を見ることにした。印刷実行のボタンを押して部屋を出る。プリンターは母と共有でリビングにおいてあるのだ。リビングにはいると、ちょうどプリンターが動き出す音がした。

「百花、なにしてるの？」

ソファで本を読んでいた母が言った。

「さっきの蠟引きペーパー、試作品を作ってみようと思って。『屋上の夜』の内容をレイアウトして、印刷してみたんだ」

「へえ。自分で打ち直したの？」

母も関心を持ったらしく、立ちあがった。

「うん」

プリンターから出て来た紙を手に取る。

「どれどれ？」

母が横からのぞきこんで来た。

「どの箇所を選んだの。ああ、なるほど、ここね。ふうん」

そう言って文字を読みはじめる。

「文字、八ポイントにしたんだけど、小さいかな」

「まあ、わたしたちにとってはちょっときついけど……。デザイン考えたらこれくらいでいいんじゃない？」

「そうかな……。でも予想よりぎっしりはいってる感じで、ちょっと窮屈かな」

「文字の大きさはこれでいいから、上下をもう少し開けてみたら？　一行が短くなると読みやすくなるかもよ」

「でもそしたら内容が少なくなっちゃうよ」

「たしかに、いまのところまではいってるとキリがいいよね。でも、本番では大きさ変えるんでしょ？　さっきはＡ３くらいって言ってたじゃない？」

「うん。この大きさだと、文庫本に巻いても折り返しが少ないでしょ？　Ａ３まで大きくなくてもいいけど、幅はもう少しほしい」

「幅が広がるなら、その分はいる文字数も増えるでしょ？　上下を削っても大丈夫なんじゃない？」

「あ、そうか」

　いまは雰囲気をつかむことが目的だ。母が言うように少し上下を開けてみよう。

「本、持って来て。誤字がないか見てみる」

　母に言われ、本を持って来た。受け取るなり、母は食卓に向かい、本と紙をならべて、文字をたどりはじめた。さすが編集者である。母が見ているあいだ、わたしは部屋に戻り、上下の余白を調整した。

　プリント用の和紙を持ってリビングに戻ると、母が赤字を入れた紙を差し出した。

「ほとんどまちがいなかったよ」

「ワープロの文章校正機能も使ったから」

「世の中便利になったなあ」

母が笑う。

それでもいくつか誤字や脱字が見つかったので、プリンターに和紙をセットしてから部屋に戻って急いで直した。母の赤字と何度か照らしてからプリントアウト。蠟引きもうまくいくかわからないので、三枚印刷。

蠟引きの道具を持ってリビングに戻る。母がプリンターの横に立ち、機械から出てくる和紙をじっと見守っている。

「けっこうきれいに印字できてるじゃない？」

「インクジェット対応の和紙なんだって」

ただのコピー用紙に印刷したときより文字がくっきり見える。

「文字もきれいに出てるし、和紙だとまた雰囲気変わるね」

母が言った。上下の余白を広げたおかげでずいぶんすっきり見えた。

「よし。これでＯＫ。次は蠟引きだ」

蠟引きの道具一式のなかからロウソクを出す。

「これで蠟引きできるの？」

母がのぞきこんでくる。

「うん。そうか、お母さんはまだ見てなかったんだっけ」

家で何度も栞《しおり》を作ったが、母はいつも仕事で出かけていた。度重なる栞作りで、蠟《ろう》を削るのももう慣れた。食卓に新聞紙、アイロン台、布、クッキングシート、印字した和紙を重ねて置き、茶漉《ちゃこ》しで蠟を削りながら紙にふりまく。

「こうやって削るんだ」

母はわたしの作業を楽しそうに見ている。白い粉がぱらぱらと紙にふりかかる。途中でアイロンのスイッチを入れる。

「こんなもんかな」

全体にうっすらと蠟が積もったところでクッキングシートをのせ、さらに布をかぶせる。上からアイロンを押しあてた。何度か経験したので、加減はだいたいわかっている。低温でそんなに押さなくても蠟は溶けて紙に染みていく。

栞は小さいからアイロンをのせるだけでよかったが、Ａ４だとそうはいかない。アイロンを滑らせ、熱が全体に行き渡るようにまんべんなく移動。

これで大丈夫かな？　ムラになってないかな。布とクッキングシートをそっとめくる。

「ほんとだ、透けてる」

母が声をあげた。もう少しめくってみる。蠟は染みているし、白く固まったところもない。大丈夫そうだ。布とクッキングシートを完全に外した。隅っこまでちゃんと蠟が染みている。和紙の透け具合もいい。

我ながらいいできばえだ。

蠟引きペーパー小説入り（仮）。これまでそう呼んできたけど、名前としてちょっと長いな。小説入り蠟引き和紙？　うーん、蠟引きは入れなくてもいいか。小説和紙？小説……じゃなくて……そうだ、物語……。和紙もわざわざ言わなくていいかも。紙。ペーパー。物語ペーパー。なんか響きもいい。これで行こう！

「へえ、きれいねえ」

母が紙を手に取って電気に透かし、目を細める。

「なんだか古文書みたい。遠いむかしから話しかけられてるみたいな……」

そこまで言ったところで急に言葉が止まり、母の目尻《めじり》から涙がこぼれた。

「あ、やだ。なんで泣いてるんだろ」

紙を食卓に置き、老眼鏡を外す。ほろほろと涙がこぼれ落ちる。

わたしもなぜか泣きそうになっていた。

「ごめん、おかしいな、なんでだろ」

母は手で両目をこする。

——百花、今日はいい天気だなあ。こういう日は高いところに行ってみたくなる。

ふいに父の声が耳の奥によみがえった。すっかり忘れていた、少しかすれた声。

あれは春のことだった。父の書斎の窓際で遊んでいたとき、父がそう言ったのだ。仰《あお》向《む》けになって窓の外を見ると、空に白く細い月が浮かんでいた。そのときわたしはなぜかとてもさびしくなった。

わけのわからない不安。もしかしたらあれが「屋上の夜」に書かれていた、高い屋上でひとりで生きる孤独？　父が感じていたのと同じ孤独だったんだろうか。

——大丈夫だよ。みんなのところに行ってごらん。

あれは小学校に上がったときのこと。入学式の日、同じ保育園の子がクラスにひとりもいなくて、ひとり隅っこにいたわたしに、父がそう言った。

——百花、人はみんなひとりなんだ。だから生きているあいだは、まわりにいる人といっしょに過ごそう。

　人はみんなひとり？　そのときは意味がわからずにぽかんとしたけど、父はずっと孤独とともに生きていたんだろう。

　ずっと忘れていた。いや、思い出さずにいたことがお祭りの灯のように遠く揺れている。父がいなくなったことがよくわからなかった。自分の世界の一部が真っ黒な穴になってしまったようで、怖くて、クレヨンで塗りつぶすようにその穴を塗りつぶそうとしたけどやっぱりうまくいかなかった。

　だから穴を見なくなった。穴があることを忘れてしまおうと思った。それでもときどきふいっと自分の足元に開いた穴に落ちるような気がした。

——だから生きているあいだは、まわりにいる人といっしょに過ごそう。

　部屋で文字を打っていたときに浮かんだ父の背中がよみがえり、すぐ近くにいるような気がした。

「お母さん、大丈夫？」

小声で話しかける。

「すごくきれいだよ。いいね、とても」

母は顔を上げ、にこっと笑った。


水曜日、できあがった「蠟引きペーパー小説入り（仮）」改め「物語ペーパー」三枚を持って家を出た。

午前中大学で授業を受け、二限が終わるとすぐに記念館に向かった。藤崎さん、なんて言うだろう。考えるとどきどきした。蠟引きという手法をダメだと言うかもしれない。文字を印刷するのもダメだと言うかもしれない。

これが否定されたら、すごく落ちこむ気がした。しばらく立ち直れないかもしれない。なんというか、組子障子のカードや貝殻の小箱、紙の絵本のときとは気持ちの入れ方がちがうのだ。

あのときは、こういうのができたんですけどどうでしょうか、くらいの気持ちだった。shizukuのパッケージのときは、淵山さんといっしょに考えたことだったから、それともちがう。

今回は、どうしてもこれが作りたかった。文字を印刷した蠟引きの和紙。「屋上の夜」も入れたい。でも、身内の小説を推していいのかわからない。個人的な望みのような気もして、自信がなくなってくる。

もう見せないで持って帰りたい。いや、ダメだダメだ。母の笑顔を思い出し、絶対に藤崎さんに見せる、と決意した。カバンに入れてきた芽吹き守をそっと握る。

新たな能力の芽生えと成長、新たな能力の芽生えと成長……。

よろしくお願いします！　目をつぶり、心の中でそう唱えた。

館長室のドアをノックし、扉を開ける。そのとたん、あっ、と思った。藤崎さんがソファに座り、向かいに綿貫さんが座っていた。

「吉野さん、ちょうどよかった。綿貫さんが来てくれて……。あれ、どうかした？」

途中まで言って、藤崎さんが不思議そうな顔をした。

「え、どうか、って？」

「いや、なんだかいつもと雰囲気が……。なんだか戦に行くみたいな顔してるから」

戦に行くみたい！　はっとする。たしかにそういう心境だった。顔に出ちゃってたのか。恥ずかしい。

「この前は店まで来てくれてありがとう」

綿貫さんが微笑んだ。

「いえ、とても素敵なお店で……。あいさつもせずに帰ってしまってすみません」

父の本に狼狽《ろうばい》し、店を出てしまったことを思い出した。

「いやいや、接客中だったから。あのとき話したオリジナルグッズ、ぜひ実現したいな、と思って。それで、いま記念館のグッズのこと、いろいろ聞いてたんですよ。これ、どれも吉野さんのアイディアなんだってね」

「いえ、アイディア、と言っても、その……。ここに来るまでは和紙のことほとんど知らなくて……。でも、いろいろ勉強していくと、和紙ってすごいなあ、って」

「あたらしい雰囲気があったのは、きっと吉野さんが和紙を新鮮な目で見ているからなんですね。はじめて見たときの驚きと感動が詰まっているんだ」

はじめて見たときの驚きと感動。たしかにそうかもしれない。でもなんと返したらいいのかわからず、じっと黙る。いけないいけない、こんなんじゃダメだ。綿貫さんがいるなんて、願ってもないチャンスじゃないか。

行くんだ、百花！

「あの、すみません！」

先を考えず、転げるように言った。自然にうまく切り出すなんてできるわけがない。勢いで行くしかない。

「そのオリジナルグッズのこと、考えてみたんです。文字箱さんと記念館で作る日本橋らしいグッズ、って……。それで、こういうのを作って……みて……」

また突然自信がなくなり、最後の方が小さくなる。

芽吹稲荷《いなり》さま、力を……！

カバンに手を入れ、試作した蠟引《ろうび》きの紙を取り出す。手がぶるぶるふるえている。

「それは？」

綿貫さんが訊《き》いてくる。藤崎さんとはちがうやさしい声。染みる……。

「蠟引きした和紙なんです。えーと、ほんとはもうちょっと大きく作るつもりで……。一枚の紙の状態で販売して、このまま飾ってもいいし、ブックカバーやランチョンマットにしてもいいし、ラッピングに使ってもいいかな、って。それで、どうしてもただの蠟引きじゃなくて、文字を印刷したくて……。雰囲気だけの欧文じゃなくて、ちゃんと読んでもらうことも考えて……」

棒読みのようにそう言って、でも、小説の一節を印刷した、とはどうしても言えず、そこまで言って差し出した。

「これは……」

受け取った綿貫さんが目を見開く。

「『屋上の夜』の……」

「あの、文字箱の棚にこの本があるのを見て……それで……」

父の本なんだって言わなくちゃ。藤崎さんの方をちらっと見る。なにも言わず、ただじっとこっちを見ている。

——大丈夫だよ。みんなのところに行ってごらん。

父の声がした。

藤崎さんを頼っちゃダメだ。自分で言わなきゃ。

「『東京散歩』を書いた吉野雪彦は、わたしの父なんです」

思い切って口を開いた。

「え？」

綿貫さんがびっくりしたように言った。

「吉野……。うわ、ほんとに？　すごい。信じられない」

そう言って藤崎さんを見た。

「そうでしょう？　僕もはじめはびっくりしたんですよ」

藤崎さんがしずかに言った。

「『紙の絵本』もね、彼女がお父さんとよくいっしょに作っていたノートからの着想なんです」

「そうなのか。ほんとに驚いた。僕も吉野雪彦が大好きで……。いや、最初に教えてくれたのは祖父だったんだけど、大学でこの話で藤崎くんと意気投合して……。いまでも全部持ってますよ。本屋をはじめたら、吉野先生の本を紹介しようってずっと思ってました」

綿貫さんが言った。

この人も……父の本を大切に思ってくれていた。

「ありがとうございます」

それ以上なにも言えず、深く頭をさげた。

「この紙もとても素敵です。なるほど、このまま飾ってもいい、ブックカバーやラッピングペーパーとして使ってもいい。自由に使える紙。それにこの雰囲気も。なんだか遠いむかしから流れて来たみたいで……」

綿貫さんが紙をじっと見る。

「胸がじんとする」

「そうですね」

藤崎さんの声は落ち着いていた。

「蠟引きは均一じゃないし、文字ももうちょっとくっきりさせたい。色もね、白い紙に黒い文字じゃなくて、先に深い色に染めたりした方がより雰囲気が出るかもしれない」

またしても厳しいダメ出しが……。うぐぐっとめりこみそうになる。

「だが、そんなことは細かいことだ」

藤崎さんの言葉で、目の前があかるくなった。

「いいですね、この雰囲気。この方向でいきましょうよ」

藤崎さんが綿貫さんに言う。

え、通った？

通った……。藤崎さん、認めてくれた。

やった————！

思わず踊りだしたくなる。

「文字を印刷した和紙を蠟引きか。なんだかやっぱりあたらしい。文字が単なるデザインじゃなくて、内容がちゃんと読めるところもいいですね。できるなら本番も『屋上の夜』にしたいけど……」

綿貫さんがぼそっとつぶやく。

「大丈夫です！　母が言ってました。吉野雪彦の著作権継承者は自分だから、問題ない、って。ぜひ使ってほしい、って」

「ほんとに？　そんなことが……。なんてラッキーなんだ」

綿貫さんがかみしめるように言う。

「もちろん使用料はお支払いしますよ。計算の仕方もちゃんと調べて……」

「え、そんな……。いいんですか？」

「当然ですよ」

綿貫さんがうなずいた。

「和紙の種類や印刷方法も考えてみよう。印刷適性が高い機械漉《きかいす》きの和紙を使って……。蠟引きも専門の業者に頼みますよ」

藤崎さんの声は冷静だ。いつもと同じ。残念だけど、わたしの手ではここまでが限界だ。職人さんには遠く及ばない。美濃市に行ってよくわかった。

「でも、これもとてもいいよ。吉野さんのがんばったあとがにじんでる。蠟引き、けっこううまいじゃないか」

　藤崎さんが少し笑ったみたいに見えた。

「ほんとですか……。大学祭のサークルのノベルティで蠟引きの栞《しおり》を作ったんです。それで慣れました」

「そうそう、大学祭といえば、この前もらった小冊子研究会の冊子、読んだよ。なかなかおもしろかった」

　藤崎さんが言った。

「ほんとですか？　ありがとうございます」

「へえ。小冊子研究会、なんていうのがあるんですか」

　綿貫さんが訊いてくる。

「弱小サークルですけど……。今回は日本橋特集だったんです」

「これですよ」

　藤崎さんが棚から冊子を出してきた。

「へえ……」

　綿貫さんが冊子を受け取る。

「ゆるキャラまでいるんだ。レイアウトもきちんとしてるし、最近の学生はすごいね」

　ぱらぱらとめくりながら言った。

「この前綿貫さんがおっしゃっていた日本橋の水運のことを書いた後輩もいるんです。

今度お店に持っていきます」

「ありがとう。楽しみにしてます」

「とりあえず、コラボ商品の方向は決まりましたね。細かいところはこれから詰めていきましょう」

藤崎さんが言った。

「あの、名前もいちおう考えたんですけど……」

思い切って言った。

「名前？　どんな？」

「物語ペーパーです」

「物語ペーパー。語呂《ごろ》もいいし、どんなものかがぱっとわかる。いいんじゃない？」

綿貫さんが微笑み、藤崎さんもうなずいた。

「じゃあ、これでいきましょう。今日はあいさつのつもりで、まさか商品の内容まで決まるとは思わなかったけど。いい企画になりそうです」

綿貫さんがにっこり笑った。

——人はみんなひとりなんだ。だから生きているあいだは、まわりにいる人といっしょに過ごそう。

耳の奥に父の声が響く。

お父さんが守ってくれているのかもしれない、と思った。藤崎さんや薫子さん、綿貫さん。それに和紙。全部お父さんが引き合わせてくれたのかも。

父といっしょに見た白く細い月を思い出す。

ねえ、お父さん。わたし、いまはさびしくないよ。出会うものが素晴らしすぎて、自分の小ささが悲しくなったり、どきどきしたり、悔しかったり、胸が苦しくなったりもするけど、生きてることが、すごく楽しい。

崖《がけ》っぷちぎりぎりに立ってるみたいだ。お父さんと会う前のお母さんもこんな感じだったのかな。

藤崎さんと綿貫さんの声を聞きながら、そんなことを考えていた。

本書は、書き下ろしです。

紙《かみ》屋《や》ふじさき記《き》念《ねん》館《かん》

物語《ものがたり》ペーパー

ほしおさなえ

令和2年 9月25日　初版発行
令和6年 11月25日　5版発行

発行者●山下直久

発行●株式会社KADOKAWA
〒102-8177　東京都千代田区富士見2-13-3
電話　0570-002-301（ナビダイヤル）

角川文庫 22338

印刷所●株式会社KADOKAWA
製本所●株式会社KADOKAWA

表紙画●和田三造

ISBN 978-4-04-109775-5　C0193

◆◇◇